至高无上的天堂

埃西尔神族
的世界

瓦纳海姆
瓦尼尔神族的世界

巨人和巨魔
的世界

地球

侏儒的世界

赫尔&尼福尔海姆
地下世界

九个国度

D'AULAIRES' BOOK OF
NORSE MYTHS

多莱尔作品　北欧神话

多莱尔作品

北欧神话

[美]英格丽·多莱尔　埃德加·佩林·多莱尔　著 / 绘

李剑敏　译

浙江少年儿童出版社·杭州

图书在版编目（CIP）数据

多莱尔作品．北欧神话 /（美）英格丽·多莱尔，
（美）埃德加·佩林·多莱尔著绘；李剑敏译． -- 杭州：
浙江少年儿童出版社，2017.2（2023.4重印）

ISBN 978-7-5342-9735-9

Ⅰ．①多… Ⅱ．①英… ②埃… ③李… Ⅲ．①儿童故
事－图画故事－美国－现代 Ⅳ．① I712.85

中国版本图书馆 CIP 数据核字（2016）第 275450 号

著作权合同登记：图字 11-2016-165 号

多莱尔作品

北欧神话
BEI'OU SHENHUA

［美］英格丽·多莱尔　埃德加·佩林·多莱尔　著 / 绘　李剑敏　译
策划：奇想国童书　特约编辑：雍 敏　特约美编：李困困
责任编辑：徐紫馨　责任校对：冯季庆　责任印制：王 振
出版发行：浙江少年儿童出版社（杭州市天目山路40号）
印刷：深圳市福圣印刷有限公司
经销：全国各地新华书店
开本：889mm×1194mm　1/16
印张：10.5　印数：68001-73000册
版次：2017年2月第1版　2023年4月第9次印刷
书号：ISBN 978-7-5342-9735-9
定价：88.00元

献给
我们的老朋友，
梅·马西

前　言

第一次读到这本书的时候，我上小学三年级；由于神话、童话故事的不断滋养，稚嫩的想象力早已饱受变形、犄角、飞翼、獠牙的"摧残"。此书的前作——多莱尔夫妇的《希腊神话》（1961）——我早已拜读；至于《旧约》，从《创世记》到《路得记》，我也或多或少了然于心。强暴、谋杀、复仇、食人、愚昧、疯狂、乱伦、欺骗，在此类书里一应俱全。但我认为它们都是好故事（或许这揭示了我的本性，抑或大而言之，八岁男孩的本性。反正我真的不在意）。约瑟的哥哥们将约瑟卖给以实玛利人为奴，还把他的彩衣浸泡在兽血里吓唬他们的父亲——好故事；俄耳甫斯的头颅被一群暴怒的女人砍下后，从赫布鲁斯河漂流入海，一路上还在引吭高歌——同样也是好故事。神话里的任何辉煌总有阴影相伴，如同神佑总与诅咒随行。正是在这些阴影和诅咒，以及初民对其进行解读的最早尝试里，我首次遭遇这个世界原始的黑暗本源。

黑暗让我着迷，但也让我心生厌恶。可是故事就在眼前，使我认识到对于黑暗，我本该只有厌恶之心，本该为此责怪自己。毁灭和坍塌，犯罪和愚昧，罪行和惩罚，天生劳碌、挥洒热汗、挣扎求生仍难逃上怒，跟人类一起来到这个世上——这些都是我们咎由自取。在《圣经》里，黑暗始于伊甸园里一对快乐的小夫妻；在希腊神话里，经历过漫长的神仙弑父、吞食幼童以及众神打架的乱世后，和平而漫长的黄金时代方才来临。上述两例旨在教导我们，起初世界是有光的，但是被我们自己给毁了——数千年来，卫道士、鸟导师、剧作家、伪君子、长舌妇就此"诲人不倦"，用他们的教条、误解以及精致的悲剧意识。原初的黑暗依旧在故事里存在，而且确实伸手不见五指；不过已经被工程化和合理化了，就像恶臭的沼泽地，被军团用砖填上，改土归流，再铺上一层白晃晃的水泥，反倒成了"诲人不倦者"的福利。结果黑暗犹在，能使你在心灵里感应到它的存在，同时也强迫你认识到它的瑕疵、它的无礼、它的不可理喻、它的不得当，尤其是对八岁的男孩而言。

可是在北欧人的世界里，故事全然不同。

如多莱尔夫妇所述，在《希腊神话》的这本续作里（原名《北欧诸神和巨人》），斯堪的纳维亚的神话谱系超越了对暴虐、邪恶、武力、手足相残和奇闻逸事的直白诉求。此间的黑暗不完全是人类的过失，因他们身心不健全而不可避免的产物，或他们与生俱来低于上帝或诸神一等的缘故——就此而言，创造了人类的上帝或诸神着实残忍。

北欧诸神、凡人和巨人的世界——多莱尔夫妇用一系列令人击节的石印技艺所刻画，是如此可爱、离奇而又残酷的精致——始于黑暗，止于黑暗，犹如黑暗中的火球，脉络分明而又枝蔓丛生。这是一个魔法催生、对抗黑暗的世界，它荫庇世人——就在大陆般宽广的森林边缘的火堆边、营地里，在黑压压的、云雪弥漫的天空下，除了虚空和晃眼的冰块之外一无所有的北国。它以黑暗为当然，唯一的结论也只能是黑暗（除了结尾处明显带有后基督教特色的续貂）。灾难、暴力和堕落——建构了它的血脉抑或故事的情节，犹如四射的火花，只是为了让光明和色彩所代表的美德那奇妙的闪光更加栩栩如生（在北欧人的世界，任何美的事物，都是闪光的：巨锤、星星、金子和宝石的光芒，北极光，成套的刀剑、头盔和臂章，火，女人的头发，金杯里的美酒佳酿）。就德行而言，诸神自身并不比人类更好或更坏。他们也有勇气、诚实、忠诚和智识的闪光，可能在他们身上更加耀眼，正如他们的黑暗投下的影子也更深。与这些故事水乳交融的德行——举凡好客与复仇、赠礼与索命、发过的誓言、昭彰的劫数以及刻毒、令人难忘的恶作剧，都关乎根本。更有甚者（对八岁的我的想象力而言，此处的更有甚者让我更加喜欢他们），北欧诸神也是会死的。当然，你可能已经知道了，但是不妨再想个一两分钟。会死的神，德行有亏的神——傲慢、不忠、残忍、欺骗或诱哄——虽然不比耶和华或奥林匹斯诸神更坏，但总有一天——他们对此心知肚明——也会自取灭亡。

多好的故事啊。随便挑，就从奥丁开始吧。首先他谋害了生下他父亲的丑陋大怪物，杀了他以开天辟地。接着他摘下自己的左眼珠子，与冰霜巨人交易，只为喝上一口——只有一口——智慧之泉。再接着他把自己吊在树上，九天九夜，在窒息般神圣的恍惚间，发明了如尼字母。然后他切开胳膊上的血管，让自己的血与世上最坏（也最有吸引力）的生物的血混合，由此开启了一连串终将导致他自己、他所爱的人以及全部九个国度（它们被优美地绘制在这本书的环衬页上）毁灭的事件。而这九个国度是他用祖父的头颅、肺叶、心脏、骨骼、牙齿和血液等形塑而成。

多莱尔夫妇用一种浅近直白、毫不夸张、魔幻现实主义的文风呈现相关神话传说，不论奇迹、反常还是灾难，一个也不放过，让人摇头不已、瞠目结舌，于是乎一切更显陌生，但也更为可信。他们无与伦比、古里古怪的插画（我脑海中随意能想到的插画师里，没有几个配得上这两个形容词），将华丽和暴力、狂野奇迹和黑色幽默怪异地杂糅在一起，唯有北欧世界这样的题材最合适。而这本书中文字和插画的水乳交融、齐头并进（或许是夫妇俩一辈子琴瑟和谐、紧密合作的折射），让故事的可看性尤显不凡。几乎每个没有被星星和怪物的大幅石版画占满版面的页面，都装饰了小幅插画，或是古怪、神秘而扭曲的人形，犹如火焰花饰——在我还是小孩子的时候就让我内心不安，时至今日，还在继续吓唬和愉悦着我自己的孩子。通过对奇迹和情节错综复杂的陈列，文本镇定自若地行走，冷冷地审视每一个深渊，眼花缭乱的活儿则交给插画去干，确保能使让人大跌眼镜的事实——雷神之锤妙尔尼尔的威力和弱点，奥丁的八脚战马斯雷普尼尔的古怪来历——暴露无遗。疑惑和认同并存的效果，形成双重力量，让多莱尔夫妇对北欧世界的消遣在最大的张力节点上取得平衡——也就是对洛基这个角色的塑造。

亦敌亦友，是天才也是失败者；讨喜与卑鄙，荒唐与乏味，美与丑，滑稽与苦痛，聪明与愚笨，洛基是个一无是处的神祇；但毫无疑问，模糊世界的神就是如此。正是在读这本书的时候，我首次感受到了模棱两可的力量。洛基从未出现在儿童文学的伟大英雄（或坏蛋）的名单上，却是这本书里我最喜欢的角色；而多年来，这本书一直是我的心头好，其副标题大可名为《洛基如何毁灭世界并让其成为谈资》。洛基是我幼小心灵的神祇，常常蓄意破坏，又憧憬美好的东西，幻想和打烂一切的冲动互相较劲。而当他机关算尽又浪子回头，抚育怪物又从中作梗，阻止又加速世界末日的到来时，他简直就是口述这一充斥着反复无常的故事情节的神祇自身。

我在一个凡间之神辈出的时代长大，他们像奥丁一样心知肚明，由于背信和强权，由他们一手创造的奇迹世界正处于毁灭的边缘——所谓"诸神的黄昏"，人类最好和最坏的冲动在密西西比州和越南一览无遗，而我赖以长大成人的米德加德（北欧神话中人类的国度，即尘世或人世）却百无聊赖，饱受——或者有人这么告诉我们——冰霜巨人和火焰巨人的威胁，后者发誓要毁了这个世界。我想上述种种都在这本书里有所反映。如果类似比拟确实成立，那么洛基也概莫能外，不仅仅在于他的出尔反尔，还在于他把玩阴谋诡计的冲动。洛基实在滑稽——总是让其他神祇发笑。他的喜怒无常和丰富想象，甚至也让奥丁龙颜大悦，而啜饮了智慧之泉和精通于自我窒息的奥丁，可不是那么好取悦的。实际上，这也是奥丁注定要迈出一大步，与洛基歃血结盟、称兄道弟的缘由——纯粹是为了享受有他陪侍左右的乐趣。洛基是个拥有难以抗拒的插科打诨及满肚子无厘头的妙语，做事总是一时兴起的半吊子神——八岁男童的神祇——而且就像所有了不起的逗趣者和即兴家那样，经常沦为他自己最龌龊的花招的笑柄和作奸犯科者。

最后，并非由于宇宙或人心习见的黑暗，才让我永远心系此书或者书里描绘的九个国度；是那条晃眼的主线——愚昧、嘲讽和自我嘲讽，诸神被迫（一次又一次）装扮成女人，屈从于种马淫邪的目光，与老女人周旋。多莱尔夫妇看似驳杂的画风精准地抓住了这条主线：它们是新拉斐尔派的饰带，犹如创作了大力水手的埃尔兹·西格所作，乍看之下亦庄亦谐，却以某种方式折射了北欧世界——肇始者是一头母牛，有全世界那么大的一头小母牛，耐心、执着地舔一个原始"大炖锅"边缘的盐巴——以及我自己的世界。

我们——开天辟地以来的所有人——都已长大成人，在一个暴力和创新、荒诞和哈米吉多顿（世界末日善恶大决战的战场）、最好和最坏的人性的受害者和见证者的时代，在一个被洛基毁了但又因为洛基才兴味盎然的世界。还是小屁孩的时候，我就知道——并为此感到欣慰——不论过去还是现在，世界一如既往的可怕和伟大，一直就在即将完全毁灭的边缘徘徊，而且——不论是1969年的马里兰州，还是今天——与往昔相比，这一点似乎更为真实了。

迈克尔·夏邦

迈克尔·夏邦（1963— ），当代美国文坛最重要的中生代作家之一。25岁时出版首部长篇小说《匹兹堡的秘密》，为他赢得"塞林格接班人"的美国文坛金童美誉。1995年出版的第二部长篇小说《天才少年》也大获成功，被改编成电影。2000年38岁时出版第三部长篇小说《卡瓦利与克雷的神奇冒险》，成为过去三十年来最年轻的普利策奖长篇小说得主。迈克尔·夏邦的作品丰富多样，他还曾担任电影《蜘蛛侠2》的编剧。

目　录

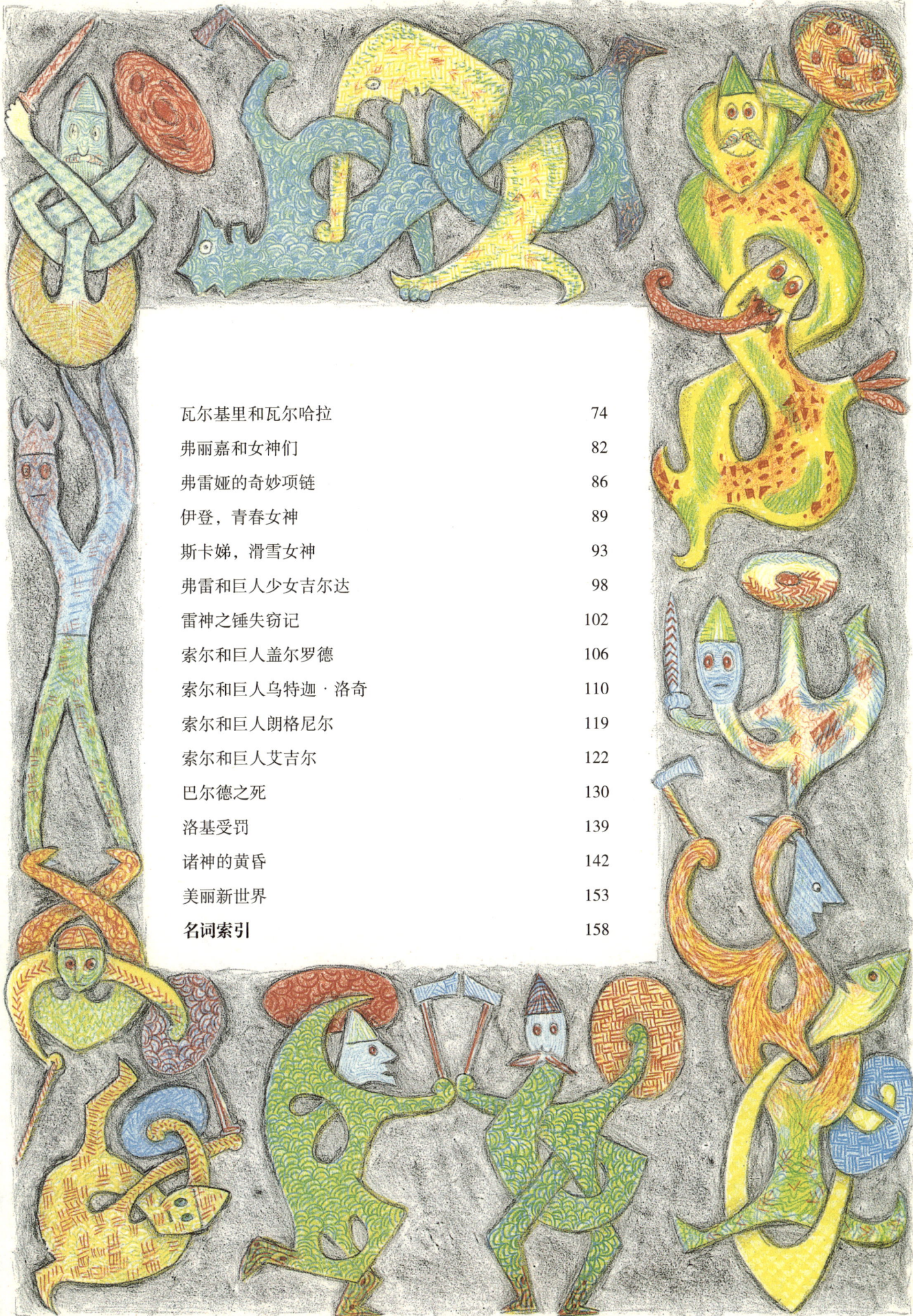

引 子

　　最后一个冰河时代结束的时候，覆盖北欧大陆的冰川融化了，露出贫瘠、崎岖的土地。冰川退去，接踵而来的是驯鹿、狼、熊和狐狸。围捕它们的是猎人。

　　这些猎人与居住在山脉和冰川的冷血恶魔——冰霜巨人的抗争永无休止。幸好他们在山谷里找到了避难所，那里绿草如茵，森林繁茂。数千年来，野兽们以及围捕它们的人类就在遥远的北方游荡。

11

后来，一支残暴的骑兵部族从东方来势汹汹地迁徙而至。他们在一个身形巨大的独眼酋长的统率下策马飞奔，向西疾行，一路攻城略地，直到被北海的惊涛骇浪拦下。由于无路可走，他们索性住下来，把这块土地据为己有。

对这些初来乍到的殖民者来说，北方的生活苦不堪言。冰霜巨人不断从山上送来刺骨的暴风雨；野兽、巨魔和邪灵潜伏在人迹罕至的森林里，残忍的美人鱼破坏他们的船只。但是殖民者内心强大，而且受到自己的神族埃西尔的庇佑——该神族与他们一路随行，也从遥远的故土来到这里。

埃西尔神族里排首位的当属奥丁——人和神的统治者。他的疆域由九个国度组成：冥界、火界、侏儒界、人界、巨人界、精灵界、瓦尼尔神族的世界、埃西尔神族的世界，以及屋顶上那一方星光闪烁的世界——总有一天，所有好魂灵都会在那里相会。

一棵巨大的椣树在九个国度上生长，它被称之为伊格德拉修。只有这棵树枝繁叶茂，埃西尔的统治才能长久，因为正如植物、野兽和人类一样，埃西尔诸神有一天也会死亡。

一千年前，当基督教征服北欧之际，埃西尔诸神陨落了。在善恶大决战（也就是"诸神的黄昏"）那天，他们迎来了命运的审判，与山脉和冰川的巨魔同归于尽。很快，在大部分曾对他们崇拜有加的土地上，他们几乎被遗忘了。唯一留存下来的，只有民间传说里的些许残篇断简，以及寥寥几个被命名为星期的名号。

比如星期二就是以提尔为名，他是古代的剑神；星期三是奥丁的日子；星期四是索尔；星期五是弗雷娅，爱之女神。

虽然荷兰人、德意志人、法兰克人和撒克逊人早已忘却这些古老的神祇，以及他们与冰河时代巨魔的战斗，北欧人却谨记在心。在冬日的漫漫长夜里，北欧人，不论老少，都会聚拢在长长的厅堂里，在冒烟的火堆边聆听吟游诗人的故事和谣曲。

为了吓跑巨魔和巨人，他们习惯在谷仓的大门前画上索尔的战锤；为了赶走异教徒的恶灵，他们会在教堂的入口处刻上龙头。时至今日，在偏僻的山谷里，山民偶尔还会说起他们与巨魔、侏儒以及过去别种怪异生物的不期而遇。

在冰岛边远的岛屿上，火山与冰川水火亦能相容，关于上古时代埃西尔诸神的记忆，相较于别处，也保存得更为鲜活。口耳相传，由父及子，这些故事最后被记在两本书里：《诗体埃达》和《散文埃达》。

《诗体埃达》是古代北欧人诗篇的合集，约成书于10世纪至11世纪。《散文埃达》是神话和传说的合集，由冰岛诗人斯诺里·斯特拉松于1200年左右写就。

从这两本伟大的冰岛经典及四处散落的传说和歌谣之中，我们今天才得以了解古代北欧人如何看待他们祖先创造的世界，以及那个世界之所以盛极而衰的缘由。

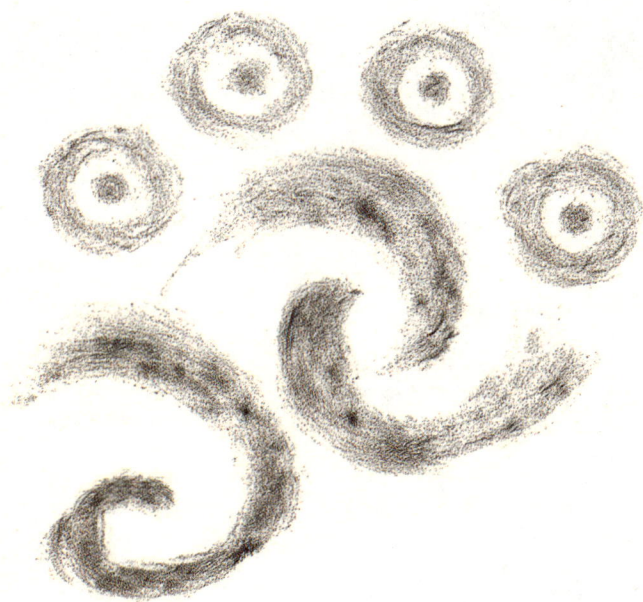

最早的诸神和巨人

混沌初开的时候，没有沙石，没有草木，也没有涟漪泛起的海浪。没有地球，没有太阳，没有月亮，没有星星。只有"雾之国"——尼福尔海姆，冰雾萦绕的不毛之地；"火之国"——穆斯贝尔海姆，烈焰翻涌的洪荒世界。在雾与火之间，有一道敞开大口的鸿沟——金伦加。

不知道过了多久，穆斯贝尔海姆噼啪作响的灰烬和尼福尔海姆晶莹剔透的冰晶在黑暗凄凉的鸿沟里飞舞盘旋起来。

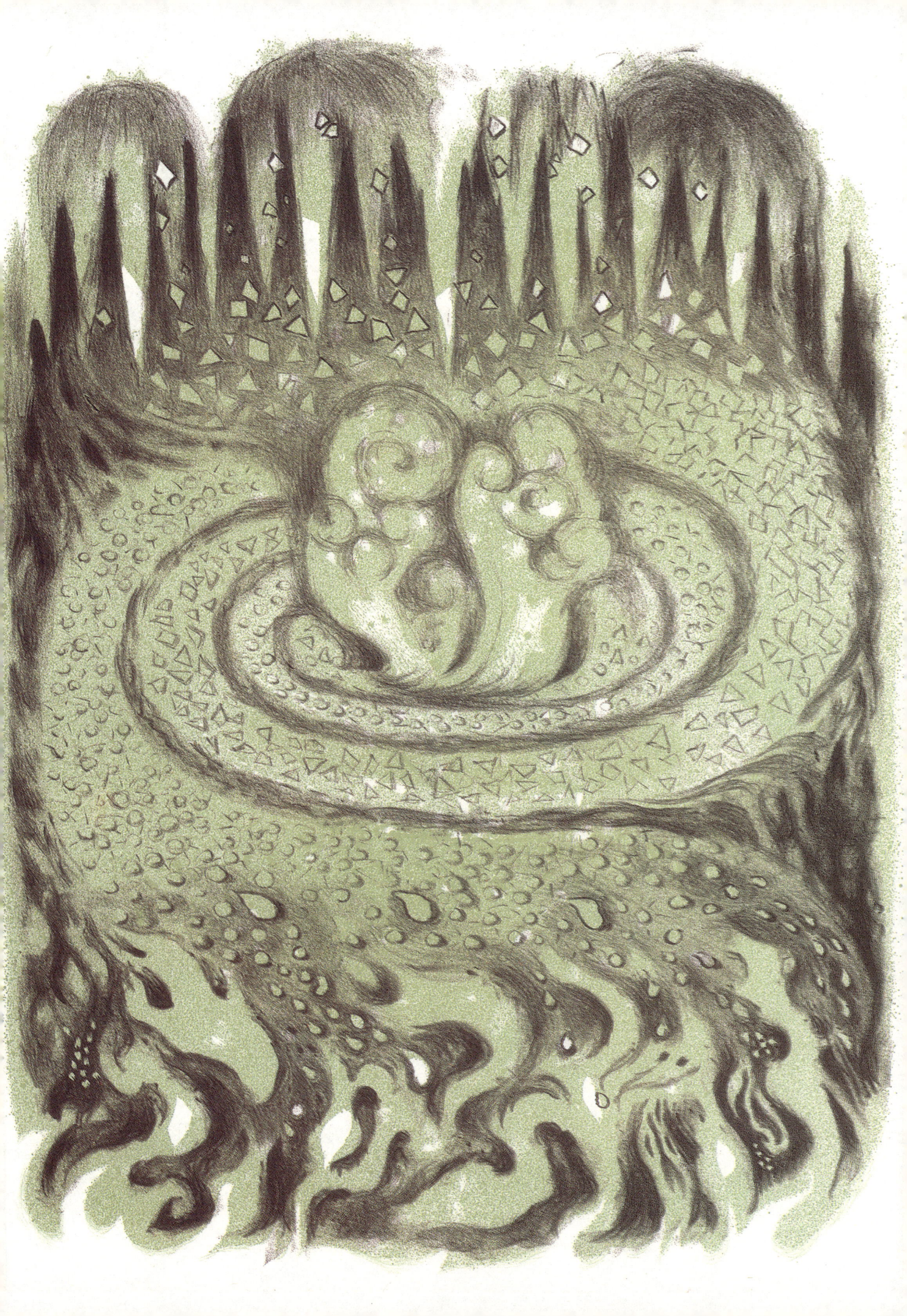

　　它们不停地回旋，速度越来越快，火焰点燃了冰晶里的生命之花，一个
庞大、丑陋的形体从金伦加鸿沟咆哮而起。他就是冰霜巨人尤弥尔，巨人族
的始祖。在他身边，一头没有角的冰母牛哞哞地叫着，也从鸿沟里冒出来。

　　巨人和母牛就在鸿沟边一起生活。巨人不缺食物。四条泡沫翻腾、雪白如练的牛奶之河从冰母牛的乳房里汩汩而出，尤弥尔喝个不停，长成了一个顶天立地的巨人。

　　而母牛则在金伦加鸿沟边的盐巴上舔个不停，这里的食物也足够她吃。

在很长一段时间里，只有尤弥尔和母牛相依为命。这时尤弥尔陷入了酣
睡之中。他睡着的时候，一男一女两个巨人从他左胳肢窝的温暖之处出生了，
另有一个长着六个脑袋的巨魔，从他脚底下冒出来。这些丑陋的生物长得可快
了，也有了自己的后代。他们各个体形高大、性情粗野，尤以尤弥尔为最。

　　冰母牛也孕育了自己的生命。她在盐巴上舔啊舔啊，舌头变得越来越暖和，因为她必须用力地舔个不停，才有足够的食物供给尤弥尔和他的幼崽吃。这时，在她温暖的舌头下，一个毛茸茸的头颅从盐巴里冒了出来；她继续舔啊舔，脸也露出来了。

　　母牛还在舔。肩膀和胸膛也露出来了，接着是手脚，最后，一个全新的生命诞生了！他长得还算整齐，甚至还有几分帅气——不像巨人和巨魔那样丑陋不堪。他的儿子更是帅呆了，娶了一个漂亮的巨人少女为妻——有时候，丑陋的冰霜巨人也可以生出漂亮可爱的女儿，这种情况也会发生。

　　巨人少女给丈夫生了三个儿子，各个头发金黄、光芒四射，照亮了周围的黑暗。他们就是最早的埃西尔诸神，名字是奥丁、海尼尔和洛德，分别代表心灵、意志和温暖。他们高大威猛、庄严神圣，并且拥有创造一个世界的能力。

　　可是在着手创造世界之前，三位神祇必须除掉冰霜巨人尤弥尔。他一向脾气暴躁，而且越老脾气越坏。于是，三个年轻的埃西尔神祇与老迈的巨人拔刀相向。

他们杀了尤弥尔，把他笨重的身躯推进金伦加鸿沟。从他的伤口里流出了如此之多的盐水，以至鸿沟水流泛滥，溢满边缘。母牛和尤弥尔的后代都被淹死了，只有两个逃过一劫——一个非常强壮的巨人和他的妻子。他们爬上浮冰，由于尤弥尔的盐水泛滥成海，海岸之外的荒野就成了他们的栖息地。埃西尔诸神没有赶尽杀绝，很快，这片冰封雪冻的荒野，也就是约顿海姆，挤满了他们的后代。

　　这些愚笨的巨人和巨魔却对埃西尔诸神恨之入骨，因为他们的族人惨遭屠戮。他们眼睁睁地看着俊美的诸神创造新世界，气得暴跳如雷。

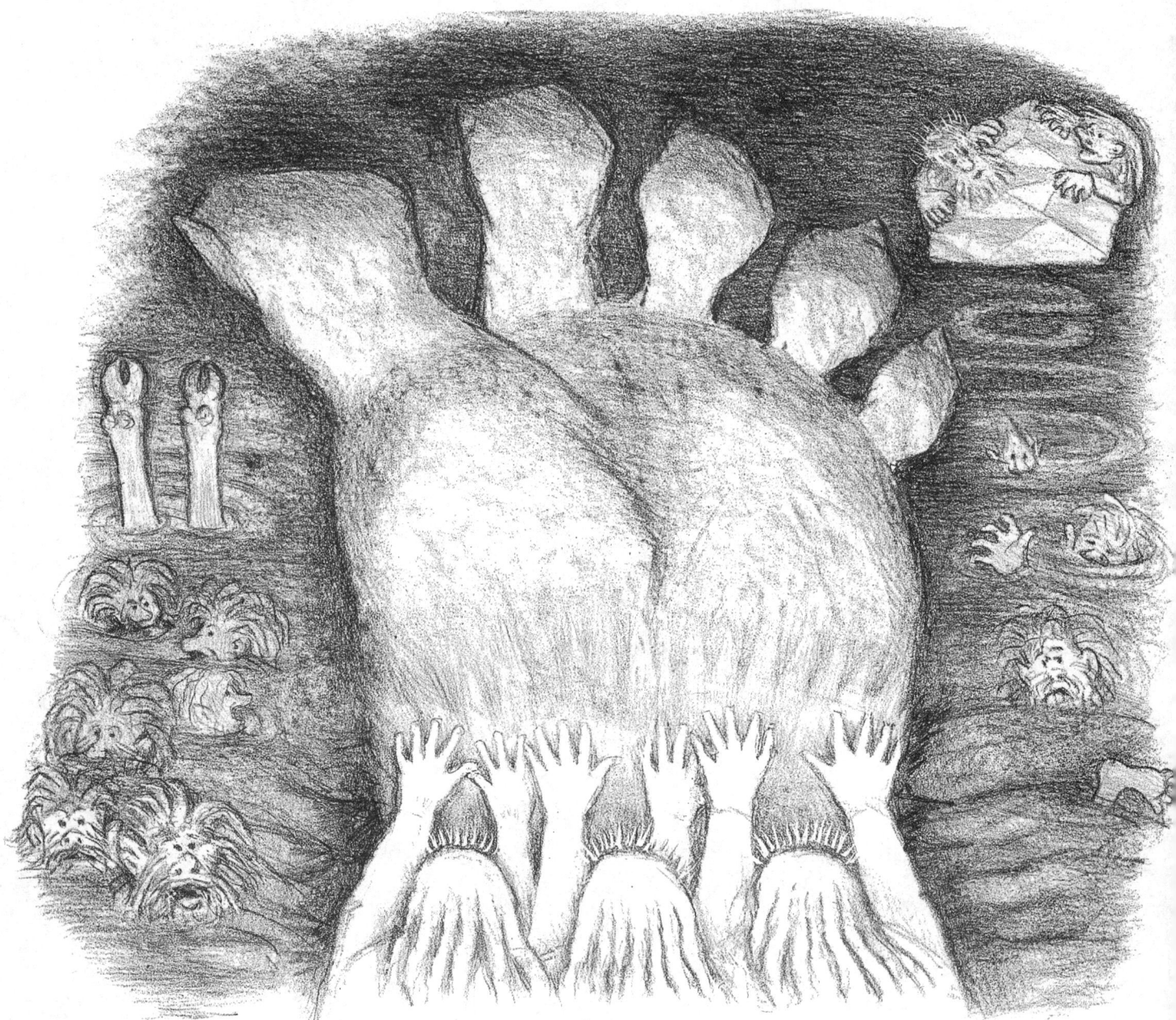

创世记

　　埃西尔诸神从海里捞出尤弥尔的尸体，以它为材料，创造了米德加德——地球。尤弥尔的肉体变成了土壤，骨头变成了山脉，牙齿变成了顽石。他们还把荒凉的尼福尔海姆（"雾之国"）推到地下，不让冰雾冻住地球；又以尤弥尔的大头颅作为天空的穹顶，罩住陆地和海洋，不让穆斯贝尔海姆（"火之国"）的火花焚毁新世界。

　　他们抓住一些火花，固定在穹顶上，变成了太阳、月亮和星星。只是这时候仍然昼夜不分，因为太阳和月亮一动不动——牢牢地被固定在原地。于是奥丁、海尼尔和洛德做了两队马匹，分别把太阳和月亮放在马车上，让马儿拉着马车沿着天际奔跑。于是有了月亮。马的鬃毛上覆满白霜，冰晶银光闪闪，照耀着米德加德。接着有了太阳。她是如此明亮晃眼，将地球沐浴在金光下，而且奇热无比，埃西尔诸神不得不在马身两侧系上风箱，免得它们被太阳烧死。

　　可是巨人和巨魔是黑暗生物，厌恶光。他们有的可以随意变形，于是就有两个化身为狼，蹦到天空的穹顶上，追着太阳和月亮跑，想方设法要抓到并吃掉他们。马儿拼了老命绕着天空一圈圈地狂奔，不敢停息，两匹狼则紧追不舍。于是，地球上才有了正午、黄昏、夜晚和黎明。

　　与埃西尔相似的还有另一个神族——瓦尼尔。他们生活在邻近的国度——瓦纳海姆，掌管风雨，正是他们给地球送来了和风细雨。

　　雨水和阳光落在尤弥尔灰色的残骸上，他的胡须楂子变成绿草，冒出地面，漫山遍野都是。他的头发长成茂密的森林，桦树、榉树和橡树的叶子迎风招展，松树和冷杉繁茂幽深。多么美丽、清新、绿意盎然的地球，就差繁衍于其上的生命，而这正是埃西尔神族接下来要创造的。

　　首先出现的是精灵，一群轻盈、耀眼的生灵，像阳光一样明亮，像树叶一样飘忽。他们温柔善良，扑扇着一对薄如轻纱的翅膀，飞来飞去。不过他们的家园不在地球上，而是在高空之上微光闪烁的地方——艾尔夫海姆，那是埃西尔诸神特意为他们打造的世界。

　　尤弥尔富含矿物的血管深入地下，蛆虫在那里钻营为生。埃西尔诸神就将这些蛆虫变成侏儒，还给他们工具用来开采贵金属。很快，山洞里就响起叮叮当当的锤子和凿子声。侏儒并不友善。他们是暴躁狡猾的小矮人，脚步蹒跚，声音尖锐刺耳。因为住在地底下，照不到阳光，他们的脸像蘑菇一样

白。不过，他们可是了不起的矿工和铁匠，源源不断地为埃西尔神族供应充足的金子、白银与锻铁。

接着，埃西尔诸神让妖精与小鬼住在地上和海上，照料所有的丘陵、山脉、湖泊和瀑布。

最后，他们让鱼在海里扑腾，鸟在天上翱翔，野兽在田地间、森林里奔跑觅食。埃西尔诸神环顾四周，对自己的工作感到很满意。这些创造出来的动物足够他们捕鱼狩猎。唯一欠缺的是，没人敬拜他们。于是，他们决定创造人类。

可是人类应该长什么样子呢？

诸神造人

    有一天，三位年轻的神在海边漫步，目光落在了两棵并排而立的树上——梣树和桤木。他们由树木想到了造人的点子——像诸神一样端正，像木头一样坚韧。

    但梣树和桤木毕竟只是草木。它们没有灵魂，也不能思考和运动，而且在树皮底下流淌的汁液是冰凉的。于是，三位神合力赐予树木生命。奥丁给了它们灵魂，海尼尔给了它们思考和运动的意志，洛德给了它们知觉以及温暖而鲜红的血液。梣树和桤木就缓缓地变成了男人和女人。

不过，一个赤身裸体、没名没姓的人跟动物仍然相差不远，埃西尔诸神想让人类成为他们最伟大的创造物。于是他们给人类取了名字，还把自己的斗篷借给他们，直到他们学会自己缝制衣服。依照他们变成人类之前的树木名，男人叫阿斯克，女人叫恩布拉。

作为诞生礼，诸神还把整个地球送给人类为家；而且，为了保护他们免遭约顿海姆的野蛮巨人的屠戮，他们还用尤弥尔的眉毛做成栅栏，将地球围起来。

此后，在比最高的山峰还高的地方，三位神给自己建了一个家——阿斯加德，亦即"仙宫"，并竖起了一道熠熠发光的彩虹，作为连接地球和阿斯加德的桥梁。

他们在阿斯加德之上监护阿斯克、恩布拉和他们的子孙。

阿斯克和恩布拉的第一批后裔并不英俊。他们的皮肤像树皮一样粗，关节扭曲变形。他们以野生植物为食，用棍棒猎杀动物，把自己包在兽皮里御

寒。他们住的是茅草屋，不知礼义廉耻，而且双目低垂、黯淡无光。

到了孙子孙女这一辈，各方面都有了很大的改观。他们耕耘田地，大兴土木，乘船出海；吃的是精心烘焙的面包，穿的是合身美观的衣服，肩膀宽阔、双颊红润、目光有神。

到了曾孙子曾孙女这一辈，状况又更上一层楼。他们美丽英俊，闲暇时坐在大厅里，穿的是精致的毛织品和雪白的亚麻布，吃的是银盘上的烤肉，喝的是水晶杯和牛角杯里的美酒。

在奥丁的言传身教下，他们慢慢地变得彬彬有礼。

奥丁常常变成一个睿智的老流浪汉，行走于人类之间。一顶宽边帽遮住他的脸；一件深蓝色的斗篷，上面缀满闪闪发亮的星星，藏住了他宽阔的胸膛。他在地球上行走，检查人类是否殷勤好客，因为这对于那些住在荒郊野外、穷乡僻壤的人类来说至关重要。

不论是被迎到高堂或是棚屋，他都在火堆边安然就座，与人类说话。

"朋友的朋友也是你的朋友，朋友的敌人也是你的敌人。时常到你的朋友家串门，别让那里荒草满堂。"他说。

"永远让你们的家门对疲惫的旅行者敞开。双膝打战、跑来敲你们家门的人，要给他在火堆边留一个位置，还要准备干净的衣服、温暖的食物。

"若是你进入陌生人的家里，瞅一眼橱柜和黑暗的角落，看看是否有仇敌躲在那里。然后坐在他们给你的位置上，多听少说。因为这样没有人会发觉你见识浅陋。

"赴宴之前，记得先吃上一两口，饿肚子的人不会口齿伶俐。

"明智的人不会彻夜不眠、思前想后。如此，天亮的时候，他必将疲惫不堪，无法开动脑筋，反而让事情变得更糟。"

最后，他总是说："人难免一死，牲畜也是，你们自然也不例外。只有一样东西不会死——名声，它或好或坏，都是你们为自己挣下的。"

就这样，埃西尔之神奥丁围炉而坐，滔滔不绝，人类则洗耳恭听。等他消失的时候，大家方才明白，他们所聆听的是众神之王的声音，于是都以他的教诲为神圣而不可违背的神谕。

人类对创造了他们，并给他们的田园送来阳光雨露的诸神心怀感激，不仅献上供奉，还在圣林和圣堂礼拜他们。反过来，埃西尔诸神也喜欢人类，

保护他们免遭巨人的侵扰。

　　不过，真正决定每个人命运的，却是掌管命运的诺恩三女神。她们的名字分别是兀尔德、薇儿丹蒂和诗寇蒂，她们对过去、现在和未来无所不知。对每个新生儿，她们都会赠予好命或歹命、短命或长命，并在每个人身上系一条生命之线。大部分人是灰色的粗线。农夫或者自由人，有时候可以得到色泽相对鲜亮的彩线。偶尔，对英雄或王子，她们会抛出亮晶晶的金线。

　　没人知道诺恩三女神的来历，不清楚她们是不是仙女，是否属于巨人族。即便是埃西尔诸神，也要屈从于兀尔德、薇儿丹蒂和诗寇蒂的意志，因为他们不是不朽的神。一旦诺恩三女神下令，他们也非死不可，跟芸芸众生一样。

伊格德拉修，世界之树

　　诺恩三女神住在一棵从地球中间拔地而起的大梣树下。这棵树无比之高，直抵天上的穹顶。它枝繁叶茂，盖住了整个地球，硕大的树根一直扎到最深处。从它四季常青的树叶上滴下来的露珠，让米德加德开满了鲜花。只要大梣树屹立不倒，埃西尔的世界也会永世长存，因为它是伊格德拉修——世界之树。

　　一只大雕蹲在伊格德拉修最高的枝条上，用它的翅膀扇动空气，树叶窸窣作响，仿佛在呼吸。它用锐利的眼神扫视宇宙四方，还有一只目光明亮的小鹰停在它的尖嘴上，帮它守望。

　　大雕在护卫伊格德拉修的时候，一条恶龙盘踞在地底下阴森森的尼福尔海姆，不停地啮咬树根。它就是尼德霍格——毁灭之龙，想方设法要毁了世界之树。拉塔托斯克，一只爱管闲事的松鼠，吓得在树上上蹿下跳，将大雕和恶龙的相互辱骂来回传送。

　　还有许多生物在这里安家落户，也让世界之树吃了不少苦头。蛆虫在它的树皮上钻洞，小鹿啃咬它的叶子，全世界所有的鸟类都用它的细枝筑巢。即便如此，由于诺恩三女神的关照，世界之树依然生生不息。树底下有一汪圣池，雪白的天鹅游行于水上。每天早上，诺恩三女神就从池子里舀水，泼在树上。圣水纯净而且拥有魔力，伊格德拉修的所有伤口都被治愈了。

地球上的人口越来越多，神族的成员也在增加。奥丁、海尼尔和洛德抢了许多漂亮的巨魔少女为妻，结果生了一茬又一茬强壮的神子和可爱的神女。奥丁就是九个新神祇的父亲。他们分别是索尔、巴尔德、霍德、提尔、海姆达尔、布拉吉、赫尔莫德、维达和瓦利。

他们各个高大圣洁，但成为埃西尔主神的是奥丁。为了获取更强的神力，他把自己吊在伊格德拉修迎风飘拂的枝条上，自己做自己的献祭。一连九天九夜，他就吊在那里，一言不发，张大眼睛，瞪着落满小树枝的地面。

终于在第九个晚上，他看到从伊格德拉修落下的树枝组合成形，竟然变成了文字和符号。就这样，他发现了如尼文的奥秘，并与埃西尔诸神和地球上的智者分享。任何人，只要掌握了如尼字母，并将这些充满魔力的字母刻在木头或石头上，就等于拥有了强大的能力。通过读和写，人类可以把他们的信息传递给远方的人。他们甚至可以和那些尚未出生的人分享想法和心得。

但如尼字母也是一把"双刃剑"，一些邪恶的符号，偶尔会被巫师和术士利用，对某人或者他的牲畜施展咒语。

奥丁从伊格德拉修下来时，成了众神之王，也是埃西尔诸神和全人类的王。他聪明睿智，无人能敌。他的两个兄弟海尼尔和洛德，曾跟奥丁一起创造了埃西尔的世界，这时主动退居幕后。其他的埃西尔诸神凡事都向奥丁征求意见，犹如儿子向父亲求助一般。

从那以后，伊格德拉修成了奥丁的圣树。献给奥丁的供品就挂在它的树枝上；也是在这棵大树的脚下，每天早上，奥丁把其他埃西尔诸神聚在身边。他们坐在那里商讨事务，大声争辩什么是正义、什么是不正义，并决定阿斯加德和地球的发展方向。所有的神畅所欲言，当争论极其重要的事务时，连辅佐奥丁的二十四位女神也会被召唤过去。

开完会，他们骑上马，踏上熠熠发光的彩虹桥回家。他们的家在阿斯加德，位于云霄之上。彩虹桥看上去不堪一击，却是所有桥梁中最坚固的。为了防范冰霜巨人，埃西尔神族可谓费尽心力：彩虹里面那条红色的光谱其实是灼热的火焰，足以将冰霜巨人和巨魔的冰脚烧伤。

阿斯加德和埃西尔神族

彩虹桥的尽头就是阿斯加德。它像太阳一样闪闪发光，到处都是金银，就连环绕它一圈的栅栏也是用黄金柱子与白银横木做成的。埃西尔神族喜欢漂亮的金属，而这些全靠侏儒才能供应充足。

阿斯加德中央是天堂般的绿地艾达。埃西尔神族和他们的妻子在这里漫步，或者用金棋子在金棋盘上下棋，绿地的周围是他们蔚为壮观的神殿。

这些华丽建筑中最高的是一座银塔,那是埃西尔神族为奥丁兴建的。银塔顶部是他的王座,从那里他可以俯瞰全世界,观察他的子民在干些什么,幽深的地下世界发生了什么。他甚至能看见巨人族又在遥远的约顿海姆搞鬼。未经许可,谁也不敢坐在他至高无上的王座上,不过有时候他会让弗丽嘉——所有妻子中他最爱的一个与他一起分享。因此,弗丽嘉也知道不少世界的秘密。不过,作为一个好妻子,她具备应有的德行,对此总是三缄其口。

奥丁，众神之王

奥丁坐在他的王座上时，两匹恶狼匍匐在他的脚下，两只黑乌鸦停在他的肩膀上。黎明时分，他会派出这两只乌鸦，在世界上空翱翔，查看最黑暗的角落。正午时分，乌鸦又飞回来，停在他的肩膀上，在他耳边轻声细语，告诉他探听到的所有秘密。当乌鸦之神奥丁坐在王座上时，任何事都逃不过他的耳目。

奥丁窥视约顿海姆最远端的时候，看到一只大雕蹲在世界的最北角。那只雕其实是由一个巨人变化的，最爱兴风作浪。当他竖起大翅膀的时候，北风就从翅膀底下呼啸而来；拍打双翼的时候，冰风暴就在全世界上空咆哮。当刺骨的寒风穿过约顿海姆阴冷的厅堂，巨人族就冲出他们冰封雪冻的疆域，猛烈地攻击地球，向山谷投掷雪球，把大冰块从山上推下来。野蛮的巨人族对人类无比仇恨，如同他们对埃西尔神族一样，巴不得将其摧毁。

但是奥丁看到一个名叫米密尔的巨人，非但不野蛮，反倒颇有灵气。他是一口魔泉的主人。这口魔泉从地下喷涌而出的地方，恰好就是世界之树伊格德拉修的树根扎到约顿海姆的地方。这就是智慧之泉。泉水里隐藏着巨人族不知道经由多少个世代累积下来的知识，每天一大早，米密尔都要到这里喝水才能解渴，于是成了智者中的智者。

奥丁去找米密尔，问他可不可以喝他的泉水。睿智的米密尔虽然不仇恨埃西尔神族，但他提出一个条件，只要奥丁跟他分享自己的"千里眼"，他就让奥丁喝他的泉水。于是奥丁就把左眼掏出来送给米密尔，喝了口泉水。从那以后，奥丁也成了智者中的智者，因为他对巨人族和埃西尔神族的智慧都了然于心。当然，为此他也少了一只眼睛，于是他总是用一顶宽边帽或者一绺头发挡住自己的半边脸。好在，他仅存的那只眼睛反倒比以前更明亮了。

米密尔把奥丁的眼睛藏在智慧之泉的深处，透过这只眼睛看这个广阔的世界，任何人和事都一目了然。从那以后，他成了奥丁的密友和顾问。

索尔，雷神

埃西尔神族中最强壮的当属奥丁的儿子——"雷神"索尔。他的脾气就像他倒竖的红胡子一样暴躁，一言不合就大打出手，那可不是挠痒痒。

他有一把魔锤，叫作妙尔尼尔，可以把任何东西都打个稀巴烂；还有一只铁手套和一条魔法腰带，只要戴上这条腰带，他的魔力就会加倍。

一提到巨人和巨魔，就会激怒索尔。任何时候，只要他听到那些野蛮人又从冰封雪冻的疆域跑出来兴风作浪，就会暴跳如雷，立刻驾着战车与他们打架。他的战车由两头公羊牵引，它们总是一副咬牙切齿的样子，脾气跟主人一样暴烈。只见羊蹄迸发出闪电，车辖辘在乌云上轰隆作响；索尔从远处扔出他的锤子，锤子撕裂空气呼啸而去，把巨人的石头脑袋打个粉碎。然后，锤子又会飞回到索尔手上，如此周而复始。锤子又红又烫，但是索尔可以用他的铁手套接住。

平时待在阿斯加德家里的时候，索尔又会变成好脾气的温和男人。他尤以他的两个儿子马格尼和莫迪为傲，这两个儿子几乎跟他们的父亲一样强壮；对他的金发妻子希芙，索尔也是爱慕至极。他喜欢在大厅里大宴宾客，鼓乐齐鸣。房间一个接一个敞开，足足有五百四十间之多。在长长的大火堆边，他的客人狼吞虎咽，美酒佳肴来者不拒。索尔自己也酷爱美食，就着几桶美酒，吞下一整头烤牛和几条大麻哈鱼，对他而言压根儿算不了什么。

埃西尔神族中的其他人极度依赖索尔。只要他们呼唤他的名字，不论多远，索尔立刻就会现身。埃西尔神族经常召唤他。若是没有索尔，说不定他们早就被巨人族打败了。

洛基，来自巨人族的神祇

奥丁年轻的时候——在把自己吊在世界之树伊格德拉修上和啜饮智慧之泉之前——偶然发现了一个名叫洛基的巨人。他英俊潇洒，不像大多数他的族人那样粗野、丑陋。许多巨人可以把自己变成狼或者雕，可是洛基想变成什么就能变成什么，连女性也不在话下。洛基足智多谋，满脑子的鬼点子，就像一团闪烁、耀眼的鬼火，让奥丁对他很是喜爱，要求与他结拜为兄弟。洛基高兴地接受了这一请求。于是，两个人各自割开胳膊上的一条小血管，让他们的血液合二为一，庄严宣誓从此以后如亲兄弟般有难同当、有福同享；永远互相支持，互相卫护；从不单独接受任何好处，除非另一个人也有份。

就这样，巨人洛基也成了埃西尔神族的一分子，并且搬到了天上的阿斯加德居住，在那里，他受到了那些伟大神祇的热烈欢迎。索尔尤其喜欢狡猾的洛基待在他身边，原因很简单，他是一个脑筋快不过手脚的蛮汉。洛基帮他化解了不少麻烦，但也给他惹了不少是非。

奥丁将女神西格恩许配给洛基为妻。她可爱善良，对喜怒无常的洛基非常有耐心。可是洛基在约顿海姆还有一个老婆，她是可怕的食人女妖安格尔波达。相比西格恩，她与洛基倒是更为般配，因为埃西尔神族很快发现，洛基实在恶毒，心眼很坏。他最爱捉弄人，而且不择手段，不管对方是谁。不论埃西尔神族还是巨人族，都不能取信于他，而且他总是到处惹麻烦。

可是洛基的脑筋实在转得快，又巧舌如簧，以至埃西尔神族总是原谅他的恶行。另外，他的体内也流淌着奥丁的血，所以没人敢伤害他。

希芙的金发

对埃西尔诸神来说，幸运的是，洛基的卑劣玩笑有时候反倒害了他自己。多亏洛基对希芙——索尔的老婆干的好事，才显示出奥丁和索尔的强大。埃西尔的女神都很可爱，可是希芙的金发之璀璨夺目，简直天下无双。她的头发就像闪电掠过时的成熟麦地，又黄又亮；事实上，在索尔的雷阵雨让种子发芽后，正是她让它们长成了金黄色的麦穗。

所以，当索尔有一天早上醒过来，发现身边躺着一个光秃秃的脑袋时，他的震惊程度可想而知！前一天晚上，必定有人偷偷溜进来，剃光了希芙所有美丽的头发。对一个女人来说，没有什么比秃瓢更羞耻的了，只有洛基才会干出这种龌龊事。索尔气得胡子冒烟，风驰电掣地找到洛基，威胁要折断他的每一根骨头。

"饶了我吧，"洛基苦苦哀求，"我保证，我会让侏儒为希芙锻造出新头发，真金做的头发。"

索尔答应暂且放他一马，洛基撒腿就跑。他冲到地壳深处，找到侏儒伊瓦尔迪的儿子们。他们以工艺精湛而名满天下，但脾气暴躁乖戾，尤其不喜欢助人为乐。然而洛基知道如何通过恭维与谄媚来化解他们的怒气，没过多久，他们就答应满足洛基的任何愿望。

"让埃西尔神族大开眼界、叹为观止吧。"洛基大声说，"使出你们身为铁匠的所有魔力和技艺，锻造出一头可以在希芙的秃头上生长、用黄金做的真发；再做一把无比尖利、百发百中的长矛；要是还有余力，再造一艘可以水陆两用的船。"洛基知道埃西尔诸神都气坏了，为了求得谅解，他必须带回比希芙的新头发更多的东西。

伊瓦尔迪的儿子们开始忙活。他们画好魔法阵，嘴里念念有词，施展咒语，从黄金里抽出为希芙打造的发丝。接着又用同样的法术，造出了一支魔法长矛和一艘用几千片小金属板做成的飞船。当洛基拿到这些礼物跑回阿斯加德的时候，简直乐开了花，笑声就像侏儒熔炉里的火花那样噼啪作响。

不出洛基所料，索尔一看到黄金头发在希芙的光头上扎根生长，脸上的怒容立刻消散了。新头发甚至比原来的还要亮，还要黄。

洛基把长矛送给奥丁，奥丁称之为"永恒之枪"冈格尼尔。拥有这样一把百发百中的长矛，奥丁高兴坏了，埃西尔诸神也羡慕不已。

最壮观的当属那艘飞船。侏儒的手艺高超得令人叹为观止，船用那么多小金属板做成，稍微一折叠就能放进口袋里。不过，这可是一艘大船，足以装载埃西尔诸神和他们所有的财物，还绰绰有余呢。而且它——又名斯基德普拉特尼——承载的魔法如此强大，东西南北风都愿意为它改变风向，鼓满它的船帆。

收到这些神奇的赠礼后，埃西尔神族当然对洛基既往不咎，甚至对他能从脾气暴躁的侏儒那里要到这么多好宝贝大加赞许。于是洛基大摇大摆，大声吹嘘，称世界上没有一个铁匠比得上他的朋友们——侏儒伊瓦尔迪的儿子们。

一个名叫布洛克的侏儒听到了他的话，勃然大怒，因为他确信他的兄弟辛德利才是世界上最好的铁匠。布洛克跑到天上找洛基，生气地大声尖叫："我们用脑袋打赌，我兄弟辛德利能打造更好的东西。"

　　洛基十分乐意地接受了这个赌局，布洛克匆匆跑到他兄弟在地下的铁匠铺。

　　"辛德利兄弟，"他呻吟道，"我用自己的脑袋跟洛基打赌，说你是世上最好的铁匠。"

　　"那是当然。"他兄弟说，"只要你可以用双手让风箱一直运转，把熔炉烧得滚烫，你就不会掉脑袋。我会施展神技，画好魔法阵。然后，我们等着瞧就可以了。"

　　随后，辛德利把一块黄金、一张猪皮放在熔炉上。他警告布洛克千万要

把火烧好，自己则躲在门后头施展魔法。布洛克忙着推拉风箱，一直等到辛德利回来；然而总有一只苍蝇在他耳边嗡嗡响，惹得他很不高兴。

"干得好，兄弟！"辛德利说着，从火里拉出一只黄金鬃毛的野猪，简直比太阳光还耀眼。

"呵呵，"辛德利说，"这才是适合送给诸神的礼物！继续把火烧热，兄弟。"他把一块黄金放在熔炉上，又离开了。

布洛克继续拉风箱，可是那只讨厌的苍蝇又来了。这回它狠狠地叮在他的脖子上，让他差一点不得不放开风箱，用手把苍蝇赶走。这时辛德利回来了，从火里掏出一个黄金臂环和一只神奇的手镯。

"呵呵，"辛德利一看见就说，"这才是真正适合送给诸神，尤其是众神之王的礼物。拥有这个臂环的人不怕没有礼物送给他的英雄们，因为每隔九个晚上它就会掉出来八个手镯，跟第一个一样贵重。"

"现在，兄弟，无论如何，一定把火烧热！"辛德利说。这回他把一块铁放在熔炉上，离开了。

那只苍蝇又开始嗡嗡响，而且停在布洛克凸起的额头上，狠狠地叮他，小血珠缓缓地流到他的眼里。在那一瞬间，布洛克不得不暂时停止为风箱鼓气，以抹掉脸上的小血珠。辛德利这时冲了进来。"兄弟，"他哀号道，"你为什么不拉风箱？现在完了！"

可是等辛德利细看炉火时，却脸上放光。"哦，不算太糟，"他说，"我想做一把世上最坚固的霹雳锤。锤头倒是完美，就是把手有点短，不过看什么人什么手用了。"他从炉子上掏出一把炽热的锤子。它，就是妙尔尼尔，雷神之锤。

那只讨厌的苍蝇一看到锤子，立刻就飞走了；原来它是洛基变的，想方设法要破坏辛德利的工作。

布洛克拿着他兄弟锻造的珍宝，匆匆赶到阿斯加德，埃西尔诸神见了都拍案叫绝。

这就是奥丁获得那个无价之宝——"德罗普尼尔"臂环的经过。弗雷得到了那头金色野猪，当他夏天骑着它从天上飞过时，就如同太阳一样耀眼。索尔拿到了魔锤妙尔尼尔，它无坚不摧，而且永远不怕丢，因为它总会飞回到他的手上。索尔也压根儿不担心炽热的锤子的把手太短，因为他有铁手套，不会被烧伤。

埃西尔诸神一致判定妙尔尼尔最了不起。布洛克赢了这场赌局，可以任意取走洛基的人头。洛基正想溜走，却被索尔追上，牢牢抓住，带了回来。正当布洛克拔剑要砍他的人头时，洛基大声叫唤："且慢，布洛克，我只赌我的脑袋，所以你没有权利碰我的脖子。"

埃西尔诸神不得不表示赞同——他只赌脑袋，而由于布洛克要取走他的人头时没有办法不碰到他的脖子，所以洛基不用掉脑袋。不过，惩罚终归是免不了的，布洛克用一只强壮的胳膊紧紧地夹住他的脑袋，用一条皮带把他的嘴巴缝上。洛基一句话也说不了，也没有人愿意为他解开针脚。最后他大力地张开嘴巴，才把皮带挣破了。但是有好长一段时间，他的嘴巴又酸又痛。

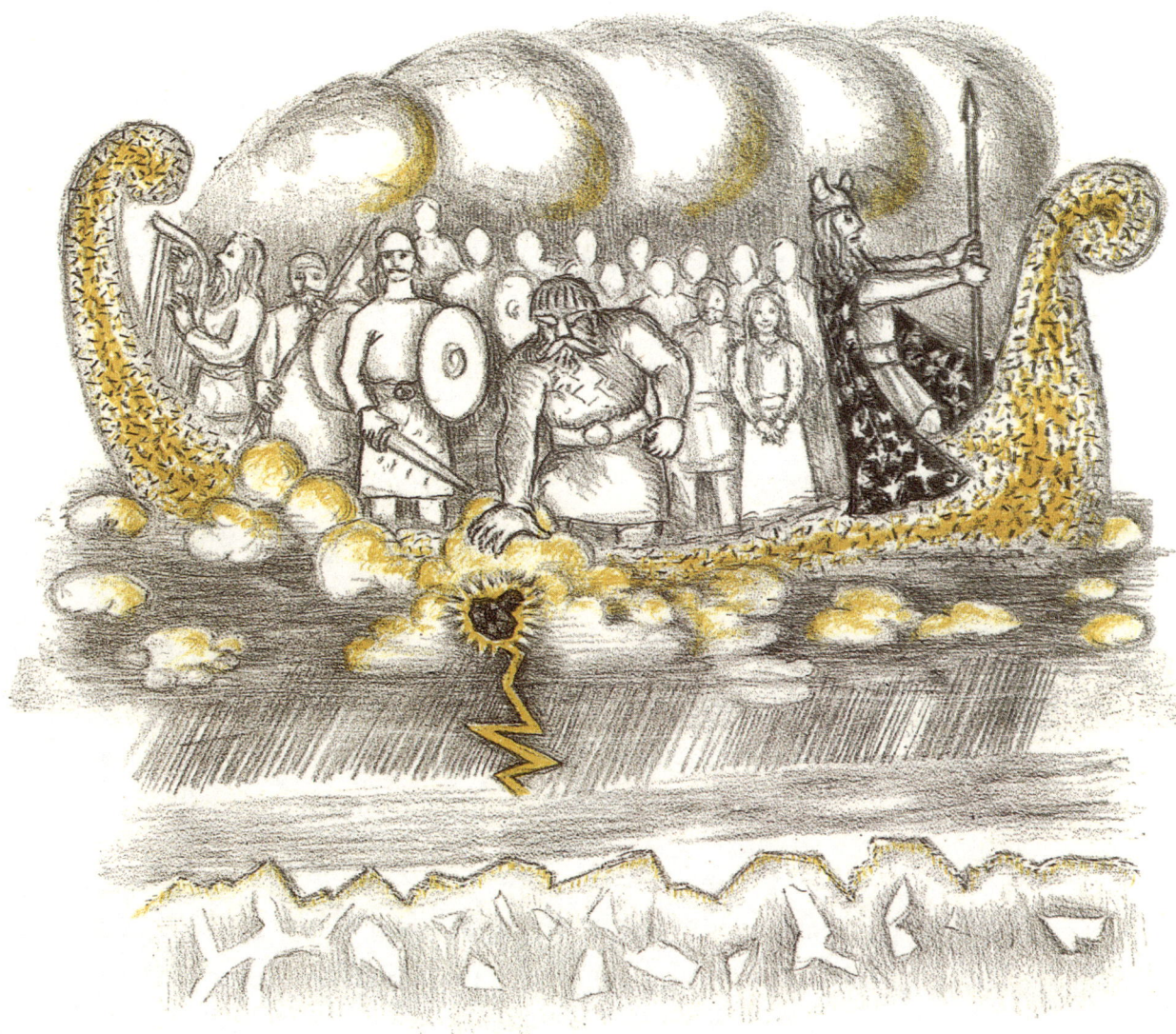

洛基的丑幼崽

有一天，当奥丁坐在他的王座上监视约顿海姆时，看见洛基在跟三个小怪物嬉戏：一条舌头伸个不停的蛇；一匹嗷嗷叫的恶狼；第三个的样子像女巫，一半的身体像死神一样苍白，另一半像泥炭一样乌黑。他们都是洛基和可怕的食人女妖安格尔波达的孩子。

"当爹的是坏蛋，当妈的是大坏蛋，"奥丁厌恶地说，"这样的父母能生出好孩子才怪。"

他立刻传令洛基和他的幼崽来阿斯加德。奥丁预感总有一天，这三个小怪物会给世界带来灾祸。不过，既然他们是他的结拜兄弟洛基的后代，他也不好杀了他们，只能把他们放在为害最小的地方。于是，他把那条蛇扔到海里。他沉到海底后越长越大，身体整整绕了地球米德加德一圈，毒牙咬在自己的尾巴上，得了个"尘世巨蟒"的名号。

那个女巫被奥丁放逐到地下，生活在尼福尔海姆附近，掌管冥界。她叫赫尔，地狱的名称就是由她而来。她庄重地迎接每一位死于疾病或衰老的人，但从不愿在她的大殿上取悦自己的宾客。大殿的墙上蜿蜒盘旋着用枝条编织的毒蛇，屋顶上蹲着一只乌黑发亮的雄鸡，从不叫唤，死一般的沉寂。她的门口被人称作陷阱，她的闺床被人称作病榻，饥饿是她的武器，饿死实在是家常便饭。一圈高高的栅栏围起她的地盘，她的猎犬加姆吠个不停，被狗链锁在门口。偶尔她打开大门，死人就满地球溜达，把活人吓得半死。

地狱再过去就是"雾之国"尼福尔海姆，一个更加阴森恐怖的地方，专门用来放逐邪恶、刻毒的人。尼福尔海姆最可怕的所在是一个旋涡，毁灭之龙尼德霍格就盘踞在那里，啃啮着世界之树伊格德拉修最深处的根系。

芬里斯，那匹恶狼，洛基第三个丑陋的后裔，被拖到湖中央的一个小岛上，长满铁树的森林环绕在岛的四周。他越长越大，极其野蛮，于是奥丁决定用链条将他拴住，确保他无处可逃。可是这匹巨狼力大无穷，所有埃西尔神祇都对他无可奈何，只好连哄带骗地告诉他：这只是一项运动，是为了测试他的力量大小，看看他能以多快的速度挣脱束缚。以自己力大无穷为傲的芬里斯，不假思索就答应了；当铁链绑在他身上时，他只轻轻一晃，没花什么力气，就把链条挣破了。看来除了魔法，没有什么东西可以束缚住这个怪物，于是埃西尔神族向侏儒求助。这次，侏儒二话不说就答应了，因为他们也很怕这匹饿狼。他们施咒捕到了猫爪的声响、鱼的呼吸、鸟的唾液、女人的胡须以及山脉的根茎，跟熊的蹄筋放在一起锻造，最终打造出一副镣铐。它看上去像丝带一样纤细。但是，由于它是用这个世界上不存在的东西打造的，因而无比坚固，世上没有谁可以挣脱它。

埃西尔诸神拿着镣铐，又来到岛上。一开始，芬里斯百般拒绝，他没那么傻，只不过爱慕虚荣。于是埃西尔诸神就故技重演。

"虽然不起眼，但是这副镣铐可坚固了，我们谁都不能挣脱。"他们说，"来嘛，不妨让我们把你绑上，看看你有几分能耐。要是你能挣脱，必将名满天下；要是不能，我们向你保证，一定会给你松绑的。"

"我可以让你们将我绑上，不过为了显示你们的诚意，你们当中必须有一个把他的手放在我的上下颌之间。"芬里斯咆哮说。

埃西尔诸神你看我，我看你，又瞅了一眼恶狼可怕的尖牙。这时奥丁的儿子提尔，他们当中最勇敢的一个，走上前去，镇定地把他的手放在唾液泛起的上下颌之间。埃西尔诸神飞速地将魔法镣铐扔到芬里斯的大腿周围，另一头则绑在深埋于地下的石头上。恶狼大声嗥叫，身体滚来滚去，可是他使的力气越大，镣铐就束得越紧。埃西尔诸神见他无力挣脱，就放言说："好好躺着，戴好你的脚镣，直到世界末日。"然后就都离开了。虽然他们违背了约定，但对结果还是很满意，除了提尔之外。他的一只手没了。

恶狼沮丧万分，哭天抢地，口水像小河一样从下巴流个不停。他躺在那里动弹不得，但还是越长越大，因为每天都有一个食人老妖从铁树森林里出来，给他喂吃的。

巴尔德，光明之神

埃西尔诸神违背了对芬里斯的约定，这件事一直困扰着奥丁，因为神祇从不失信于人。可是他又不能让那匹恶狼放任自流，危害神界和人类。因此，他向他的儿子巴尔德寻求安慰。巴尔德没有参与这一欺骗行为。

埃西尔诸神有困惑，都向巴尔德求助，因为他是神祇当中最和善、最温柔的一个。只要有他在场，人人高洁无瑕，没人胡思乱想。他的脚步所到之处鲜花盛开，不过即使是其中最洁白、最漂亮的巴尔德之花，也比不上他容貌的姣好。所有人都爱他，就连恶毒的侏儒和野蛮的巨人也不例外。

从他闪闪发亮的神殿发出来的光，能照到世界上最遥远的角落。他就坐在那里的黄金王座上判定是非。他从不偏袒任何一方，因为他是如此善良，以至舍不得惩恶扬善。虽然埃西尔诸神一有争端就找巴尔德，但很少会遵从他的意见。因为他实在过于宽宏大量、和风细雨了。

巴尔德和他的爱妻南娜、儿子福尔采蒂无比幸福地生活着。福尔采蒂和他的母亲一样坚定，和他的父亲一样公正。他冷静地研习全世界各地的律法，据此作出裁决，而且总是让人心悦诚服。后来他成为埃西尔神族的首席大法官。

海姆达尔，阿斯加德的守望者

奥丁另一个伟大的儿子，海姆达尔，则是阿斯加德的守望者。他是由九个可爱的巨人少女姐妹所生。有这么多漂亮的妈妈，他的英俊潇洒自然不在话下，尤其是他的笑靥，那才真正叫人神魂颠倒，因为他的牙齿竟然是纯金的。

海姆达尔堪称是无可挑剔的守望者。他那清澈的蓝眼睛如此敏锐，可以看到世界的尽头；耳朵也很灵光，什么都听得见，就连地球米德加德上的绵羊身上长毛的声音也不例外。而且他像小鸟一样，几乎不用睡觉。

奥丁给了他一个加拉尔号角，只要看到危险迫近，就吹响它。这个号角的声音无比响亮，全世界范围内都可以听到。他的身材像铁杆一样笔直，加拉尔号角就在他手边。他成天守在彩虹桥的入口处，不让任何一个敌人溜进阿斯加德。

不过有一天，这种事情还是发生了。一个打扮得金光熠熠的女人走上彩虹桥。彩虹里阴燃的火焰没有烧坏她的脚，海姆达尔也就没有吹响号角。他只是用眼睛一眨不眨地盯着她，因为她美得勾人魂魄，于是他没有阻止她进入阿斯加德。

所有埃西尔诸神都围在她身边，赞美她。她就是古尔薇格，来自瓦尼尔神族世界，那个微风轻轻吟唱的遥远世界。古尔薇格虽然漂亮，但实际上是一个邪恶的女巫。她跑到阿斯加德来是为了黄金，而埃西尔神族的黄金数不胜数。

没过多久，埃西尔诸神就开始互相争吵，各个都想把更多的黄金送给古尔薇格。奥丁看到她带来的邪恶破坏了他宁静的家园，便怒不可遏地站起来，宣布古尔薇格实乃女巫，必须被烧死。

于是她被绑在火刑架上，烧了三次，每次她都变成不同的形态并死而复生。她对黄金的贪恋实在炽热，甚至比熊熊燃烧的烈焰还要火热。

尼约德、弗雷和弗雷娅

瓦尼尔是热爱和平的神族，掌管和风细雨，可是当他们得知古尔薇格的遭遇时，不禁义愤填膺。那个女巫毕竟来自他们的国度，必须为她报仇。于是他们全副武装，杀上彩虹桥。

接到海姆达尔的警报，埃西尔诸神冲出他们的神殿，阻止进攻者。可是瓦尼尔已经突破了阿斯加德周围的栅栏，在伟大而神圣的绿地艾达上摆出战斗阵势。就在那里，有史以来的第一场战役打响了。战斗异常激烈，但双方势均力敌，埃西尔神族和瓦尼尔神族看到双方谁都不能取胜，便同意各自放下武器。为了确保和平可以延续，他们互相交换人质。奥丁把他的弟弟海尼尔送到瓦尼尔。他是一个非常英俊的神，腿长脚快。但是，他说话慢，脑子反应迟钝，所以奥丁说服米密尔——睿智的老巨人，作为海尼尔的顾问同行。

瓦尼尔神族被海尼尔高贵的气质迷住，竟然让他做他们的首领。可是随着时间的流逝，他们发现海尼尔如果不征求米密尔的意见，就做不了任何决定。他们认为自己受到埃西尔神族的欺骗，送给他们一个愚笨不堪又无足轻重的人作为人质，这让他们很不开心。

但他们不敢伤害奥丁的弟弟，又想报仇泄愤，于是砍下米密尔的脑袋，送回阿斯加德。奥丁对此自然很不高兴，便传话给瓦尼尔神族，说自己的所作所为无可指摘：海尼尔，最年长的埃西尔神祇之一，还有米密尔，睿智的老巨人，是他可以给出去的最好的人质。然后，他施展魔法，让米密尔的脑袋又活了过来。从此，但凡不开心，他就跑去找米密尔的脑袋寻求安慰。

海尼尔继续留在了瓦尼尔，埃西尔神族和瓦尼尔神族之间的纷争也就平息了。

埃西尔神族这边，对送到阿斯加德来的人质很是满意。瓦尼尔神族送来的是尼约德和他的两个孩子，弗雷和弗雷娅。

　　尼约德不仅相貌堂堂，还是一个贡献颇丰的好神祇。他给船帆带来微风，为人类灭火消灾。埃西尔神族在天上的海边送给他一座亮闪闪的神殿，还有一间造船厂。

　　弗雷是丰饶之神。他给地球降下赋予生命的雨和阳光，还带来丰收。他的佩剑像太阳一样闪亮，他的坐骑可以穿过滚滚烈焰。埃西尔神族送给他那

艘由侏儒锻造的、可以水陆两用的飞船和那头了不起的黄金野猪。当弗雷骑着野猪在夏日的天空上穿行时，它的金鬃毛像阳光那般闪耀，照亮最黑暗的山谷，让地球上的粮食收成翻倍。埃西尔神族送给弗雷一座位于艾尔夫海姆的宫殿，由精灵族来服侍他。

弗雷娅，弗雷的妹妹，是爱之女神。她乘坐灰猫拉的车来到阿斯加德，

　　小女儿诺斯坐在她的大腿上。诺斯的长相如此甜美，所以后来她的名字就被用来形容任何让人愉悦的事物。

　　弗雷娅是最漂亮的女神，但她经常情绪低落，因为她的丈夫奥德失踪了。他是一个流浪汉和梦想家，不知道在哪一个国度走丢了。弗雷娅经常出门找他。有时候她跟她的猫一起驾车，有时候变成猎鹰飞翔，因为她拥有一套猎鹰羽毛，只要穿在身上，就可以在天空自由翱翔。

　　埃西尔神族在阿斯加德为弗雷娅造了一座神殿，几乎跟奥丁的一般大。之所以要这么大，是因为弗雷娅喜欢有人陪伴，她的神殿里总是挤满了嬉戏作乐的男人。

　　即便如此，弗雷娅还是时常想念她失踪的丈夫，总是哭着入睡。不过就算在哭的时候，她也依然很可爱，因为她的眼泪从她圆润的双颊边静静地流淌而下，竟然全都是纯金的。

布拉吉，诗歌之神

人质危机解决后，埃西尔神族和瓦尼尔神族用一种奇特的方式，签署了他们的和平协议。他们围在一个大桶周围，嚼了几颗浆果，庄严地把果汁吐到大桶里。这些神圣的果汁立刻变化成形，知识之神克瓦希尔从桶里缓缓升起。没有他回答不了的问题，而且不管被问及任何问题，总能对答如流，他的知识也由此与日俱增。

可是有一天，两个侏儒把克瓦希尔淹死在他自己的知识精油里，然后带着精油逃回他们位于地壳深处的老家。他们把精油倒进三个壶里，加上蜂蜜，撒上魔法香草，酿出了一种烈性蜂蜜酒。任何人只要喝上一口就会神清气爽，满口诗文如江河之水滔滔不绝。

这几壶诗仙蜜酒让两个侏儒忘乎所以，又鲁莽地杀死了一个老巨人。他的妻子前来找他，也被他们杀了。可是苏图恩，巨人老夫妇的儿子，发现了事情的真相，找上门来为父母亲报仇。侏儒只好把蜜酒给他，才保住了小命。苏图恩把三壶蜜酒藏在深山的一个密室里，并派他的女儿格萝德看守。

坐在王座上的奥丁窥视到巨人将三壶蜜酒藏起来，决定无论如何都要搞到手。于是，他把自己变成一条蛇，通过岩石的裂缝，悄悄爬进山里。等他

摸索到格萝德坐在那里看守着蜜酒的那个密室，又把自己变成一个帅小伙的模样。

"看你，长得多漂亮、多甜美，却坐在这里孤守深山。"他说。的确如此，格萝德是最美丽的巨人少女之一，寂寞孤独之际，她最喜欢听奉承话。于是她面露笑容，很高兴有这么一个年轻帅气的客人陪伴。过了三天，她越来越喜欢他，忍不住松口说，或许他可以喝上一小口她正在看守的这三壶珍贵的蜜酒。

奥丁咕噜咕噜咕噜地喝了三大口，把三壶蜜酒一饮而尽，然后迅速变成一只老鹰飞走了。可怜的格萝德坐在空酒壶边哭个不停。

好在她父亲苏图恩看到了山里飞出的老鹰，立刻起了疑心。他也变成老鹰，在其后紧追不舍。由于奥丁刚喝了三大壶蜜酒，所以苏图恩飞得更快。

海姆达尔看到两只老鹰逼近阿斯加德，而且相互之间的距离越来越近。他知道奥丁此行的目的，急忙唤来其他埃西尔神祇，让他们赶紧把家里的瓶瓶罐罐搬到院子里来。千钧一发之际，奥丁把蜜酒吐到这些容器里，飞到了安全的地方。苏图恩失之毫厘，无功而返，蜜酒就这样落到了奥丁的手里。

从那以后，奥丁可以出口成章了。他让别的埃西尔神祇品尝魔法佳酿，还送了一些给地球上真正有天赋的人才。他们都变成了伟大的诗人，诸神和人类都很高兴。

奥丁还在阿斯加德的藩篱外洒了几滴，落到了地球上，无论多么平庸的人都可以去抢。可是这些蜜酒都失去了魔力，抢到的人除了会胡诌打油诗，什么也不会写。

诗歌历经蜿蜒曲折的历程，终于在这个世界上诞生了，以振奋诸神和人类的精神。但是奥丁心里总是沉甸甸的，毕竟他为了获取诗歌的天赋，背叛了格萝德——一个如此信任他的少女，让她孤守深山，对着空酒壶哭泣。

为了弥补过失，奥丁把格萝德的儿子布拉吉带到阿斯加德，认他为义子，教他如尼字母的魔力，还给他喝了几口苏图恩的蜜酒。

就这样，布拉吉成了诗歌之神。作为诗人，需要青春才能歌唱，所以奥丁就把伊登——青春苹果的看守者——许配给他为妻。任何人只要咬一口她的苹果就不会变老。埃西尔诸神之所以能够永葆青春，靠的就是伊登和她的苹果。

由于伊登无微不至的照顾，布拉吉的眼睛总是神采飞扬，双颊红润，不过他的脸上长了一副圣人的胡子，又长又白。

奥丁的八脚战马

瓦尼尔神族袭击埃西尔神族的时候，阿斯加德周围的金银栅栏被冲破了，现在巨人可以把他们的冰箭射到艾达绿地上。于是，埃西尔诸神聚在世界之树伊格德拉修底下开会商议。经过冗长的讨论后，他们决定建一堵石墙，把阿斯加德变成真正的要塞。

就在这时，一个大个子男人驾着一辆大黑马拉的马车，兴冲冲地跑了过来。他说，身为石匠，他很乐意为他们筑造石墙。埃西尔诸神满心欢喜。要是用金砖银板来筑造的话，他们倒很乐意自己干，可是用石头建一堵要塞的城墙，实在既累人又无趣，不是他们诸神应该干的事。不过等他们问石匠要什么报酬时，所有的神祇都被惊呆了：他竟然想要弗雷娅，还有天上的太阳和月亮！

"荒唐！"他们大声嚷嚷，"我们从未想过把弗雷娅送给一个陌生人，更别说从天上摘下太阳和月亮，让全世界一片漆黑！"

他们正要把漫天要价的石匠赶走，却听到洛基小声说："告诉他你们愿意给他，但是有两个条件：他必须一个人筑墙，而且必须在一个冬天内建好。这么短的时间内，没人做得到。"

埃西尔诸神听从了洛基的建议。当石匠接受了他们的条件，他们想，这个人真是四肢发达，头脑简单，于是心照不宣地交换着得意的眼神。他们几乎不用付出任何代价，就可以得到一堵石墙。洛基真是一个狡猾的家伙！

可是随着时间缓缓地流逝，冬天即将过去，一堵高墙拔地而起，并在他们身边蔓延开来，埃西尔诸神开始担心了。他们从未见过这样的石匠：从不睡觉，从不休息。夜里，他的大黑马把山丘那么大的石头拉上阿斯加德；白天，当大黑马吃东西的时候，石匠轻松地把一块块石头摆好。最后，离冬天结束还有三天的时候，就只差门柱子还未完成。埃西尔诸神从忧虑变成绝望。他们冲去找洛基，对他大喊大叫：

"叛徒！当初你用甜言蜜语让我们上当，现在看你怎么收场！"他们抓住洛基的脖子，摇晃他的身体，"我们决不能把漂亮的弗雷娅送给一个陌生人，并且让这个世界一片漆黑。现在，快去干点什么！"

洛基惊恐万分，苦苦哀求："请先松开我的脖子，我保证一定会想出办法。"于是埃西尔诸神暂时放他一马，洛基急忙跑到树林里。

那天晚上，当石匠驾车穿过树林，准备彻夜拉石头时，一匹毛发光滑的

71

小母马跑到他的马车前。它轻声嘶鸣，摇头晃尾，马蹄踢得老高，一溜小跑地进了树林。

石匠的黑色大公马如遭电击，不顾一切地挣开缰绳，紧追那匹小母马。石匠也在它后面拔腿狂追。

一直到第二天很晚的时候，石匠才追上他的马，人仰马翻，累成一团，什么活都干不了，不论是拉石头还是筑石墙。所以等到冬天正好结束的时候，那堵石墙就差那么一丁点没完成。

这个时候石匠恍然大悟，意识到自己被人戏弄了，于是露出真实本性，变成了一个暴怒的巨人。原来，他是巨人伪装的石匠。他使出浑身蛮力，开始拆除他建造的石墙，还威胁说若是任何人胆敢靠近，必遭毁灭。

埃西尔诸神一看，这哪是什么笨石匠，分明是一个火冒三丈的巨人，于是急忙召唤索尔。

索尔当时正在别处追逐巨人，不过一听到有人喊他的名字，立刻就现身了。他一看阿斯加德来了一个巨人，不假思索地掷出他那百发百中的锤

子。这就是那个试图智斗埃西尔诸神、抢走弗雷娅和世界之光的巨人的可悲下场。

环绕阿斯加德一圈的坚固石墙几乎就要建好了，埃西尔诸神不费什么力气，把剩下的活儿干完了。他们颇为自得，只有奥丁一个人担心，因为埃西尔诸神再度违背了约定。石匠说到做到，他们却出尔反尔。

石墙坚固耐用、无可挑剔，也没有人再责备洛基。不过，还是有好长一段时间没有看到他的影子。然后突然有一天，他走出树林子，领着一匹小马驹——八条腿的灰色小马驹！那匹母马自然是洛基变的，而且他也尽到了母亲的责任，生下了这匹帅气的小马驹。

小马驹最终长成了天下无双的骏马。它的八条腿灵活敏捷，乘风破浪不在话下。奥丁把它当作自己的坐骑，还叫它斯雷普尼尔，意思是会滑翔的马。

瓦尔基里和瓦尔哈拉

　　奥丁的确需要一匹骏马，像暴风一样，顷刻之间就把他从阿斯加德带到地球上的战场。当时很多地方都在打仗，不仅圣地阿斯加德的神仙在打，地球上的人类也征战不休。他们为了黄金而战，为了土地而战，甚至为了战斗的乐趣而战。奥丁不再只是伟大的众神之王和睿智的漫游者，也成为暴怒的风暴之神与战争之神。他又被称为伊格，是最可怕的神。

当他在朦胧的破晓时分出现，骑着八脚战马在高高的云层上驰骋，人们知道一场血腥的战斗很快会在某个地方打响。交战双方的军队会大声呼唤奥丁，祈祷他以一人之力为他们带来胜利。

奥丁抵达战场，仅存的独眼在一顶黄金头盔下炯炯发光，硕大的身躯披挂着盔甲。他会迅速决定哪一方取胜，然后向注定要失败的军队将领掷出他的神矛冈格尼尔。他总是尽量让更好的勇士获胜，但有时候实在难以抉择，尤其是交战双方都是好人的时候。

一群高挑、漂亮的女武神身穿闪亮的盔甲，头戴翼盔，跟在他后面。她们穿过云层的时候，手里的剑像闪电一样刺眼，气喘吁吁的战马口吐白沫，落到地上成了冰雹。她们就是瓦尔基里，奥丁的婢女。她们大部分是阿斯加德诸女神的女儿。不过时不时地，奥丁也会被地球上某个丫头的勇猛好斗打动，让她加入瓦尔基里的行列。她们不会去阿斯加德住，奥丁会送给她们用天鹅羽毛做的可爱的白斗篷，即便在没有战火肆虐的时候，她们也可以在地球上空飞翔。有幸娶得瓦尔基里为妻的英雄各个都感到无比自豪。

瓦尔基里选择谁将尸横沙场，然后将死去的英雄带回阿斯加德。他们在奥丁的客舍——瓦尔哈拉过着荣耀的生活。奥丁预见到有朝一日，埃西尔神族和毁灭势力的总决战必将打响，他希望到那时，自己身边有一大批好战士可供差遣。

因此，当战场上激战正酣的时候，如果某个勇士感觉有人在他的肩膀上轻轻拍了一下，回头看到的是一个头戴翼盔的女武神，他就知道自己被选中，成为奥丁的英雄。

他的怒火顷刻间变得不可遏制，勇往直前，放倒尽可能多的敌人，直到自己也倒在血泊中。随后，瓦尔基里从地上找到他的尸体，扔上她的马鞍，一起回阿斯加德。战马奋蹄高飞，脚底下的地球渐渐消失。

战马停在阿斯加德的一个小树林里，所有的树上都长着金叶子。当瓦尔基里领着她的英雄踏上前往瓦尔哈拉的平坦小路时，连树叶都在欢快地闪烁。如果那个英雄此前的表现异常勇猛，奥丁还会亲自敬他一杯迎宾的蜜酒。此后勇士被引入神殿就座，与奥丁的英雄们一起，从此过上放浪形骸、征战不休的狂野生活。

瓦尔哈拉是所有建筑中最大的，大得几乎看不到对面的墙。五百四十扇

门都可以打开，每扇门都很宽，即使一千个人肩并肩同时通过都没问题。坚固的长矛撑起整个屋顶，长矛上还扣着圆盾。神殿的墙上悬挂的不是柔软的挂毯，而是成套的盔甲和头盔。神殿的正中央燃烧着熊熊的烈火，两边摆着的长凳足以让成千上万名奥丁的英雄同时就座。初来乍到者从来不用担心瓦尔哈拉的地方不够大。

瓦尔基里四处忙活，确保英雄的餐盘总是堆满食物，牛角杯里总是装满啤酒和蜜酒。英雄们吃喝起来，总是没完没了。

瓦尔哈拉的屋顶上住着一只奇怪的山羊，靠啃食低垂的树枝为生。从它的乳房里流出来的可不是羊奶，而是蜜酒——如此之多的蜜酒，不论英雄们

如何痛饮，伸出去的酒壶总是能被装满。

一头肥猪让他们的鲜肉供应从不匮乏。每天早上，这头猪会被宰杀、煮熟、吃掉；可是到了晚上，它又奇迹般复活，第二天一早又可以被宰杀吃掉。对于已逝英雄的舌头来说，新鲜猪肉最美味了。

奥丁的主座在瓦尔哈拉的北墙，每次他过来和英雄们饮宴的时候，都坐在那里。四个儿子坐在他的身边，提尔、霍德、维达和瓦利，全是战争之神。自从被恶狼芬里斯咬断右手后，提尔只能用左手吃东西；他是勇者中的勇者，督促着大家上前线。霍德虽然也很强壮，却是个盲人；不过，领着暴怒的勇士投入血腥战斗的人也是他。

　　宴会结束的时候，奥丁起身告辞，英雄们转个身，躺在铺好新鲜干草的长凳上睡觉。第二天早上，栖息在瓦尔哈拉屋顶上的金鸡报晓，叫他们起床。英雄们一起来就吵个不停，嘴里咀嚼着毒蘑菇，让自己进入狂怒状态。接着，他们犹如发狂的战士一般，从凳子上一跃而起，伸手摸到盔甲和武器，冲到外面的艾达绿地上互相打斗。

  这可不是假惺惺的军事演习——每个英雄殊死相搏，很快，偌大一片绿地上到处都是头颅和四肢。但是晚饭的钟声一敲响，他们就各自捡起脑袋和手脚，装回到原来的位置上，从瓦尔哈拉宽敞的房门一拥而过。然后，他们安然就座，大吃大喝，相互之间又成了好朋友。

  就这样，英雄们让自己的身体保持良好的状态，并以此为荣。

弗丽嘉和女神们

要是任何一位英雄在饮宴和打架的时候更青睐轻声细语和女士的陪伴，他可以去弗雷娅的神殿，因为奥丁准许弗雷娅可以邀请一半的客人跟她待在一起。弗雷娅是一个特别忙碌的女主人，她不仅要照顾自己的英雄，还要在瓦尔哈拉让奥丁的英雄们玩得尽兴。所以，她没有太多时间跟其他女神相处，她们主要聚集在奥丁的爱妻弗丽嘉身边。

弗丽嘉在所有女神中地位最高，住在一个华丽的神殿里。她无时无刻不在纺线，用她的黄金纺纱杆和纺锤；同时，一只眼睛还盯着地球上的日常起居。要是发现哪个家庭主妇勤快地纺纱，而且手艺又好，她可能会剪下一小段自己的纱线送给她。不管那个女人如何日以继夜地织布，弗丽嘉送给她的纱线永远用之不竭。

芙拉、盖娜和赫琳这三个可爱的年轻女神，是弗丽嘉的专属侍女。赫琳守护弗丽嘉特意挑选出来的良善百姓，不让他们受到伤害。盖娜负责跑腿，往来于天上和地球之间，因为她有一匹快马。芙拉保管弗丽嘉的珠宝盒，打理她的鞋子，弗丽嘉跟她无话不谈。

芙拉　　盖娜　　赫妍

芭丽嘉

葛冯

萨迦

南娜

西格珏

吉尔达

斯卡娣

伊登　　　　希芙

埃尔和瓦尔这两个女神跟弗丽嘉也很亲近。疗愈女神埃尔为人宽厚，生病受苦的人都会向她求助。瓦尔为人真诚，她聆听着男女之间彼此许下的誓言，惩罚那些违背誓言的人。

弗丽嘉和其他女神忙于自己的事务，退居幕后，很少卷入她们丈夫的是非当中。但是有一次，地球上的女人向弗丽嘉热切祈祷，她们的愿望如此强烈，以至她决定助她们一臂之力。

当时，在遥远的南方有两个强大的族群互相酣斗，奥丁拿不定主意，无法决断哪个更勇敢，该让谁获胜。夜幕降临的时候，双方的勇士停止呐喊，放下武器。于是，奥丁决定等第二天早上太阳升起来的时候，他最先看到哪一方的军队，就让谁赢。那天晚上，其中一个国家的所有女人举起双臂，祈求弗丽嘉帮她们守卫家园。弗丽嘉很感动。她知道奥丁的决定，就告诉她们应该怎么做。在她的建议下，她们戴上头盔穿上盔甲，还把头发放下来，系在下巴上，好让她们看上去像是有胡子。然后，她们聚在东边的窗户下，那是奥丁早上将会留心的地方。不出弗丽嘉所料，奥丁起床后向外一看，发现一群长胡子的勇士，就问道："这些长胡子的人是谁？"

"你在早上最先看到的军队啊，你还答应让他们获胜呢。"弗丽嘉回答。

奥丁遵守诺言，朝另外一方扔出神矛。长胡子的那一方赢了，那个国家的人从此被称为伦巴第人。

萨迦和葛冯这两个女神，不论相貌还是举止都很像弗丽嘉，而且时常被人看见跟奥丁在一起，所以很多人以为她们仨是同一个人。

有一次，葛冯跟随奥丁去他最喜欢的菲英岛，就在现在的丹麦。看到这个绿色的小岛这么讨人喜欢，葛冯下定决心也想要一个。海峡十分宽阔，足以再造一个岛屿。于是葛冯假扮成地球上的寻常女子，穿过海峡，来到对岸的国家，也就是现在的瑞典。她很会讲故事，很快获得了国王的欢心。当她问国王能否给她一块土地，她用一个昼夜就可以开垦出来时，国王呵呵一笑，答应了。

葛冯急忙向北疾行来到约顿海姆，嫁给了一个巨人，生了四个无比强壮的儿子。她把儿子变成公牛，赶他们回来，把他们套在犁上。他们奋力拉犁，干得又好又快，牛身上的汗水闪闪发亮，蒸腾而起，变成浓雾。犁深入地下，把整块地都刨松了，天还没亮的时候，他们已经把这块地拖到了海峡

里。土地原来所在之处，变成了一个大湖泊。葛冯把她的新岛屿系在一个浅
滩上，美丽的西兰岛就是这么来的，也就是现在的哥本哈根。

弗雷娅的奇妙项链

所有女神都佩戴漂亮的珠宝，可是只有弗雷娅——专司爱与美的女神——拥有全世界最漂亮的项链。它由黄金和耀眼的宝石制成，像通红的火焰一样夺目。侏儒用伟大的魔法锻造了它，弗雷娅非常喜欢，从不将它摘下。

埃西尔诸神大都乐于见到弗雷娅雪白的胸脯上这件亮晶晶的珠宝，可是洛基的目光每次一看到它，就闪烁着贪婪的光芒。终于有一天，他下定决心要将它盗走。那天晚上，当整个阿斯加德都在沉睡的时候，他蹑手蹑脚地摸到弗雷娅的房门，把自己变成一只苍蝇，从钥匙眼儿里钻了进去。

弗雷娅正在酣睡，梦到了她失踪的丈夫，黄金之泪从脸颊流淌而下。她的长相极其漂亮，可是洛基只盯着在她喉咙处闪烁的珠宝。他想一把揪走，可是就算在睡觉的时候，弗雷娅还是用一只手紧紧地护住项链。于是洛基在她耳边使劲地嗡嗡响，直到弗雷娅受不了，伸手要把苍蝇赶走。说时迟那时快，洛基变回人形，用像蜘蛛腿一样又细又长的手指头，从弗雷娅的喉咙上顺走了项链。然后他悄悄地溜到海边，把自己变成一只海豹，嘴里叼着项

86

链，向一个怪石嶙峋的小岛游去。

　　尽职尽责地站在彩虹桥入口处把守的海姆达尔，听到了洛基跳进海里的水花声。他回头一看，瞅见一只海豹的嘴巴里亮晶晶的，这引起了他的怀疑。于是他也变成海豹，在其后紧追不舍。洛基发觉自己被跟踪了，一溜烟地爬到岛上。海姆达尔离他越来越近，他干脆一屁股坐在项链上，用一双无辜的眼睛四处打量。

　　他的假无辜可骗不了海姆达尔。他一眼认出那是洛基的眼睛，断定这小子深更半夜准没干好事。他扑向洛基，又叫又咬；他们用前肢凶狠地打斗，打得不可开交。海姆达尔个头儿更大，最终把洛基赶到海里。弗雷娅的项链就躺在灰色的石头上，晶莹夺目！

　　海姆达尔把项链还给了弗雷娅，洛基也没敢再去偷。可是从那以后，从来就不是朋友的海姆达尔和洛基，变成了死敌。

伊登，青春女神

　　有一天，奥丁、洛基和几个埃西尔神祇来到地球，到了一个山谷，看到一群牛正在吃草。他们恰好肚子饿了，于是宰了一头牛，生起一堆火，开始做饭。煮得好好的，平白无故起了一阵大风，把火焰吹到一边。不论怎么弄，埃西尔诸神就是不能让牛肉长久地位于火焰的正上方。这时他们听到有人说话："要是你们分我一份，我就不把火吹跑。"

　　埃西尔诸神低头四处看，最后抬起头，才看到一只大雕蹲在树枝上，扑棱着双翼。因为他们不知道这只大雕实际上是风暴巨人夏基，就笑笑说："当然见者有份。"于是风就停了，牛肉也很快就煮好了。

　　可是没等埃西尔诸神吃上一口，大雕一个俯冲，把煮烂了的牛肉一口叼走，又飞到了树枝上。埃西尔诸神气得暴跳如雷，尤其是脾气急躁的洛基，干脆抓起一根大木头，使出浑身力气击打大雕。木棍的一头好像粘在大雕身

上不能动弹——另一头却重重打在洛基的手上——因为风暴巨人施了一个咒语。大雕展翅高飞，洛基被一路拖在身后，从地上掠过，和石头、树桩撞个不停。他使出浑身解数，就是不能松开那根木棍。

"你已被我制伏了。"大雕尖声喊叫，"我是风暴巨人夏基，除非你发誓把伊登和她的青春苹果带来给我，否则我是不会让你走的。"

为了自救，洛基对他的要求满口应允。他浑身青一块紫一块，一瘸一拐地回到其他埃西尔神祇那里。他们哄堂大笑，不知道他究竟答应了什么。

一回到家，洛基就去找伊登，对她说："我看到地球上的树林里有一种甚为奇怪的苹果树，树上长的苹果跟你的青春苹果没有什么两样。让我带你去看吧，同时也带上你的青春苹果，比个究竟。"

伊登听信了他的鬼话。她本来就没剩几个苹果，不得不把它们切成小碎片，好让埃西尔诸神永葆青春，因此对于找到更多的苹果甚是迫切。可是她和洛基一进树林，平地里就起了一股大风，风暴巨人俯冲而下，抓起她和她

的苹果，飞走了。

　　埃西尔诸神搜寻伊登无果，随着时间的流逝，他们的年华日益老去。她的丈夫，诗歌之神布拉吉，从此对钻研诗艺了无兴趣，铿锵有力的声调也变得乏味。其他人试图藏起他们的皱纹和白发，就连弗雷娅的美貌也开始黯淡了。所有人都需要咬一口伊登的苹果。

　　最后，大家聚在世界之树伊格德拉修底下商量，互相询问最后一次是在何时何地见过伊登。讨论结果表明，自从她跟洛基走出阿斯加德之门后，就再也没有人见过她。于是他们抓到洛基，威胁他如果不说出伊登的下落，保准让他生不如死。洛基浑身颤抖，一个劲儿地求饶，坦白说为了救他自己，暗中襄助风暴巨人劫持了伊登。

　　"不过请放我一马，我会找到夏基的神殿，尽量把伊登带回家。"他说。

　　于是埃西尔诸神放了他。洛基变成一只猎鹰，飞到天上，找寻夏基的神殿，最后在风雨交加的深山里找到了。算他走运，巨人和他的手下出门钓鱼去了，只有伊登一个人在神殿里。洛基迅速把伊登和她的苹果缩成几粒小种子的形状，放在坚果壳里，然后含在嘴里，向阿斯加德飞去。

夏基一回家就发现伊登不见了，他怀疑准是那只飞走的猎鹰干的。于是他变成大雕，振翅狂追。没过多久，眼看就要追上洛基了，因为大雕飞起来可比小猎鹰快多了。

埃西尔诸神看着双方你追我赶，心急如焚。他们迅速在阿斯加德的石墙外堆起木刨花，等洛基一飞过去，就放火烧了刨花。烈焰腾空而起，恰好把夏基烧了个正着。他落到地上，摔死了。

洛基把伊登和她的苹果变回原来的形状。她立刻拿出珍贵的苹果，给所有埃西尔神祇和他们的女眷们一人咬了一口。弗雷娅恢复了她的美貌，奥丁变得又帅又有男人味，布拉吉漂亮的嗓子也回来了。宽宏大量的伊登甚至也让洛基咬了一口，他又变得跟以前一样邪恶搞怪。

斯卡娣，滑雪女神

夏基有个女儿，叫斯卡娣。她是一个野性十足的巨人美少女，大部分时间都在她父亲的山里滑雪狩猎。听到夏基死于非命的消息后，她冲到阿斯加德兴师问罪，每个毛孔都释放着和瓦尔基里一样凶猛危险的气息。

"为保全我父亲的荣誉，你们必须为他的死亡支付一笔罚金。"她大嚷大叫。在那个时候，假如一个男人不幸遇害，必须得到一笔黄金作为补偿，否则就会名誉扫地。

"你的要求不无道理。"奥丁赞同说，"不过据我们所知，你父亲生前已经给你留下一大堆金子，没准儿你宁愿得到别的补偿。我们愿意给你一份荣誉，在我们当中任意挑选一位做你的丈夫，这也会让你自己变成女神。"

斯卡娣对此表示满意，但她又不想看上去急不可耐，于是提出一个条件：在她挑选丈夫之前，埃西尔诸神必须把她逗笑。她不怀好意地想，这个条件对他们来说应该很不容易，因为她现在压根儿笑不出来。

埃西尔诸神接受了斯卡娣的条件，但也提出了他们的条件。如果他们必

93

须逗她笑，那么她只能看着他们的腿挑选夫婿。斯卡娣答应了，埃西尔诸神开始想方设法地逗她笑。

可是不管他们怎么努力，斯卡娣只是扯一扯嘴角而已。最后，洛基让人牵来一只公羊，把自己绑在羊胡子上。他们使出浑身力气又拉又拽，公羊咩咩叫着，用羊角顶来顶去；其他人蹦蹦跳跳地躲避公羊，洛基则装出惊声尖叫、奋力挣扎的样子。最后他一个空翻，恰好撞到斯卡娣的大腿。这个时候她可忍不住了，笑了出来。由此她和埃西尔神族冰释前嫌，现在到了她挑选夫婿的时候了。

埃西尔诸神排成一排。在把斯卡娣叫过来之前，他们召唤了一团浓雾，像窗帘一样罩住他们的上身，让她只能看见他们的腿。斯卡娣的心里中意光明之神巴尔德，于是当她上上下下地打量一双双帅气的神腿时，特意留心寻找他的腿。她相信，最英俊的埃西尔神祇巴尔德肯定跟她一样拥有一双完美

的长腿，因为酷爱滑雪的斯卡娣双腿曲线优美、肌肉发达。

最后她做出了选择。可怜的斯卡娣，等浓雾散去的时候，她发现那两条腿属于尼约德。虽然她异常失望，但也只能打落了牙齿往肚子里咽。巴尔德则很高兴，因为除了忠贞的南娜，他压根儿不想要别的妻子。

斯卡娣和尼约德势如水火，难以相容。他喜欢海滨，她喜欢深山。

"坐在那儿盯着一望无际的海面，让我感到十分忧伤。"她哭诉道，"还有天鹅的歌唱、海鸥的尖叫，简直刺破我的耳膜，让我彻夜难眠。"

在尼约德仙境般的海边挨了九个晚上后，他们搬到了斯卡娣位于深山老林的家中。现在轮到尼约德抱怨了。

"住在高耸的山岳之间就像关禁闭，"他唉声叹气道，"野狼的嗥叫让我彻夜难眠。我想念天鹅的歌声和开阔的海面。"

在深山老林里挨了九个晚上后，尼约德又搬回海边去了。

　　从此他和斯卡娣几乎不见面，不过在众神的聚会上，他们依然会联袂出席，看上去亲密无间。斯卡娣待在山里，成为滑雪者的女神。

　　乌勒尔，索尔的继子，更合适成为斯卡娣的丈夫，因为他是滑雪者的男神。当他追捕野兽时，雪橇在白雪皑皑的山上滑过，如同他射出去的箭般疾速。在滑雪和狩猎上，没有人是他的对手，连斯卡娣也比不过他。

弗雷和巨人少女吉尔达

　　弗雷跟他的父亲尼约德一样，也娶了一个巨人少女，不过这桩婚姻可算是全世界最美满的婚姻。弗雷很清楚，除了奥丁和弗丽嘉，没人可以坐在至高无上的王座上，但他经常好奇坐在上面到底能看多远。于是有一天，他看到王座上空无一人，心想要是他偷偷坐一下、看一眼，应该不会有什么害处。

　　弗雷一坐上去，就看到了遥远的约顿海姆——那个黯淡无光的世界；而且不管多么微小的东西也能看得一清二楚，这让他啧啧称奇。这时，他看到一个美丽的少女从巨人盖密尔的院子经过。当她举起白如凝脂的胳膊推开厅堂的大门时，异样的光芒瞬间从那儿迸射出来，照亮了阴暗的约顿海姆。

　　她是弗雷见过的最漂亮的少女，弗雷不禁疯狂地爱上了她。他从至高无上的王座上起来，茫然地走回艾尔夫海姆——他的家，坐在那里，痛苦万分、悲伤不已、寝食难安。他知道他爱上的少女是盖密尔的女儿吉尔达，自己根本没有希望俘获她的芳心，因为她的心就像冻土里的种子一样，又冰又冷。弗雷日以继夜地苦思冥想，不愿跟任何人说话。他忘了调和阳光雨露，也听不到地球上辛苦耕耘却无以为生的人的祈祷。因为坐了只有奥丁才可以坐的地方，他付出了断肠般悲痛欲绝的代价。

看到弗雷日渐消瘦，地球上的田地也日益荒芜，他的父亲和其他的埃西尔神祇感到忧心忡忡。于是他们叮嘱史基尼尔——弗雷的忠实随从坐在他主人的脚下，打探到底发生了什么事。最后，弗雷对他敞开了心扉。

"我爱吉尔达，那个拥有冷酷之心的少女。"他呻吟道，"我如此爱她，以至我觉得自己没有她就活不下去。可是世俗不允许我自己跑过去，而且我知道不论是精灵族还是埃西尔神族，都不会把她作为礼物送给我，或者替我向她求婚。这个少女冷酷无情，求婚的路途又充满着艰难险阻。"

"我愿意前往约顿海姆，替你向吉尔达求婚。"史基尼尔大声说，"不过，首先你得给我那把对巨人和巨魔无坚不摧的闪亮利剑，还要把你那匹可以飞越火海的骏马借给我。"

"我很乐意给你，"弗雷说，"只要你赶在我为爱而死之前回来就好。"

于是史基尼尔踏上了危险的旅程。经过阴森可怕、精怪出没的山谷时，女巫和多头巨魔企图阻止他。他挥舞利剑，一路斩荆棘破巨浪，直奔盖密尔在约顿海姆的领地而去。一堵魔法火墙环绕着盖密尔的领地，但他策马飞了过去，从大厅穿过院子，终于到了吉尔达房间的门口，但又被一群狂吠不已的恶犬挡住去路。

吉尔达坐在小房间里，身边侍女云集。她听到马蹄的响动以及犬吠的声音。"出去看看谁来了，如果是陌生人，就表示欢迎。"她对一个小侍女说。于是侍女跑出去，让那些恶犬别叫，然后把史基尼尔领到她的女主人跟前。吉尔达用一杯冷冰冰的蜜酒欢迎他，问他有何贵干。

"我为我的主人弗雷——阳光和雨露的施予者而来。他请求你给他你的爱。"史基尼尔回答，"如果你答应做他的新娘，我会给你十一个亮晶晶的金苹果。"

"还是留着你的苹果吧。"吉尔达说，"我宁可孤老终生，也不愿承诺爱上弗雷，那个阳光和雨露的施予者。"

"如果你愿意嫁给他，我就会给你这个金魔戒。"史基尼尔继续恳求。

"我父亲家里不缺金子，"吉尔达抬起骄傲的头颅说，"没人可以用黄金收买我的爱。"

"只要轻轻一挥弗雷的利剑，我就会砍下你不知天高地厚的脑袋。"史基尼尔气急败坏，跳了起来。

"恐惧也不会让我堕入情网。"吉尔达高傲地说。

史基尼尔怒不可遏，拔出一根魔杖，在上面刻了一个充满邪恶意味的如尼字母：ᚦ。

"吉尔达，"他念念有词，"我要对你下咒语。如果你拒绝爱上弗雷，除了胡子上结冰锥的三头巨魔，再没有人会向你求爱。我还会把你变成一个白发苍苍的丑老太婆，让你像蓟树一样枯萎。你只能躲在篱笆后头，任人指摘。"

听到这里，吉尔达浑身发抖，脸色煞白。"解除你的诅咒，"她大叫，"抹去那个邪恶的如尼字母，我就答应爱上弗雷。回去告诉他，再过九个晚上，我会在巴雷——那个神圣的麦场——与他相会。"

史基尼尔欢喜地将吉尔达迎接他的那杯蜜酒一饮而尽，急奔而去，向他的主人汇报。

弗雷站在门口等他。"怎么去了那么久？"没等马停下来他就大声喊，"你带来了什么消息，好消息，还是坏消息？"

"我给你带来了好消息，"史基尼尔说，"再过九个晚上，吉尔达就是你的啦。"

"那么久！"弗雷叹了口气，"我怎么等得了九个漫漫长夜？"

对弗雷来说，九个孤寂的日夜就像九个月那么长。但他坚持了下来，直到大喜之日来临。吉尔达信守承诺，去了神圣的麦场。

当弗雷的胳膊抱住她时，她的冰封之心融化了，她变成一个温柔、可爱的妻子。由于这个缘故，地球上每粒冻住的种子都破壳而出，恢复了生机。

无比幸福的弗雷给地球送去了充沛的阳光和雨水。颗粒无收的田地变得绿意盎然，带来了比以往更丰富的收成。人类纷纷赞美弗雷和吉尔达。

雷神之锤失窃记

　　索尔早上醒来的时候，第一件事就是伸手拿他的锤子。可是有一天早上，他的锤子不见了！索尔急得直跳脚，又是抓头发，又是揪胡子，大喊大叫："洛基，给我过来！"洛基来了后，索尔在他耳边低语："我的锤子被人偷走了。"

　　洛基脸色煞白。他知道在巨人听到消息、集结攻打阿斯加德前，必须找到索尔的锤子。"让弗雷娅把她迅捷的猎鹰翅膀借给我，我就能四处飞翔，找寻那个小偷。"洛基说。此时他的模样看上去非常值得信赖。

　　他们一起赶到弗雷娅的神殿。听到这个可怕的消息，弗雷娅的脸色也变得惨白。"我很乐意把猎鹰翅膀借给洛基，尽管它们是用金子做的，"她大声说，"只是一定要尽快找到索尔的锤子。"

　　洛基像离弦之箭般飞走了。到了约顿海姆，他看到巨人史莱姆坐在小山丘上，用金丝带编织母马的鬃毛。巨人看上去心情很好，看到洛基后还很有礼貌地跟他打招呼。"埃西尔神族好吗？精灵族好吗？今天你又有什么差使？"他很有礼貌地问。一个野蛮的巨人竟然如此油嘴滑舌，这让洛基不禁起了疑心，但他同样彬彬有礼地致以问候，还问史莱姆是否恰好知道索尔丢失的锤子的下落。

　　"是我偷的，趁他睡觉的时候，"巨人斜眼看他，"而且，我把它藏在地下一万多米深的地方。只有弗雷娅做我的新娘，我才会把锤子还给他。我的金子数不胜数，黑奶牛成群，还有这些优质的母马。在这个世界上我只缺一样东西，那就是美丽的弗雷娅。"

　　洛基立刻飞回阿斯加德，索尔和弗雷娅都在等他。

　　"赶紧，"他对弗雷娅说，"披上你的婚纱。巨人史莱姆拿了索尔的锤子，除非你去约顿海姆做他的妻子，他才会把锤子还回来。"

　　"绝不！"弗雷娅大声说，气得暴跳如雷，脖子上的项链也断了，从她的胸脯上飞溅一地，"我可不想让人取笑我，说弗雷娅恨嫁不得，竟然找了一个巨人为夫！"一想到这个，愤怒的黄金眼泪就从她的眼里涌出。

其他埃西尔神祇和女神都被叫过来。他们一致认为弗雷娅不能嫁给巨人，可是索尔又必须把锤子要回来。他们左思右想，最后海姆达尔开口了。

"你得自己去，索尔，"他说，"穿上弗雷娅的婚衣，假扮成害羞的新娘。"

索尔大声抗议，但是无济于事。埃西尔诸神把他的大粗腿藏在拖曳的长裙下，钥匙悬挂在腰带上晃来晃去，胸脯上挂满珠宝和弗雷娅闪亮的项链。接着，他们又把他的头发梳成一个发髻，用薄纱蒙住他的脸。他就这样成了一个漂亮的新娘子。

"新娘子可不能没有伴娘，"洛基说，"就让我做他的伴娘吧。"

于是洛基也装扮成女孩子的模样。索尔的山羊被牵过来，他们就坐在索尔的车里出发了，在云层上隆隆作响。

史莱姆听到他们远道而来的声音，大声吩咐："赶紧！在凳子和地板上铺好新鲜麦秆，准备好我的婚宴。索尔把我的新娘子送过来了。"

他们在桌边坐好，婚宴开始了。新娘子立刻把为女士准备的甜点一扫而空，然后一口气吞了八条大麻哈鱼，最后还吃了一整块烤牛肉才算尽兴。

史莱姆目瞪口呆。"我从没见过这么贪吃的新娘子。"他说。

"那个可怜的姑娘整整八天没吃东西了，"装扮成伴娘的洛基说，"她可是为了你而憔悴的。"

听到这里，史莱姆忍不住想吻她，于是揭开她的面纱。可是一看到新娘子的眼睛，他不由得打了几个趔趄，噔噔噔地在大厅上退了几步，就像遭了雷劈一样。"为什么弗雷娅的眼睛红得像燃烧后的灰烬？"他倒吸一口凉气。

"那是因为她想念你，整整八个晚上睡不着觉。"洛基急忙转动脑筋说。

"赶紧！"史莱姆兴奋得大嚷大叫，"把结婚仪式给办了。把索尔的锤子拿上来，放在弗雷娅的大腿上，我们要宣读婚约了。"

新娘子端庄地坐在椅子上，大腿上放着锤子。索尔的手一摸到锤柄，心里忍不住一阵狂喜。他"噔"的一声站起来，挤眉弄眼，面纱从脸上掉下来。他目光闪烁，举起锤子，扔了出去。史莱姆和他的族人被闪电击中，顿时化作灰烬，偌大的厅堂也变成了一堆瓦砾。

索尔和洛基跳上公羊车，回到阿斯加德。索尔现在手里有锤，心里也就不在意大腿上的裙子了。听到雷电交加的声音，埃西尔诸神终于松了口气。

索尔和巨人盖尔罗德

百无聊赖的时候，洛基就会变成猎鹰的模样，振翅高飞，看看世界，打发时间。有一次，他恰好飞过最强壮的巨人之一——盖尔罗德的家，非常好奇屋子里面发生了什么事情。于是他俯冲而下，落在高高的屋檐下的窗台上。从大厅那头，他看到盖尔罗德坐在手下中间，在火堆边饮酒作乐，吹牛说如果不是因为索尔和他的锤子，他轻而易举就能踏平阿斯加德。就在他举起牛角杯准备一饮而尽的时候，看到了窗台上的猎鹰。

"把那只鸟给我抓过来。"他对一个手下大声咆哮道。

看到那个人哆哆嗦嗦地爬上滑溜溜的高墙，洛基不禁暗自窃笑。可是等他想展翅飞走的时候，却发现自己动不了——巨人对他施了咒语。于是他就被逮住，送到盖尔罗德的面前。

"这不是寻常的鸟儿，"巨人从洛基的眼神中看透了一切，"而是某个人变的。说吧，告诉我你是谁。"可是洛基盯着他，就是不开口。

“我会教你怎么开口说话。”盖尔罗德大声叫唤着，把他关在一个箱子里，三个月不给他吃喝。最后洛基被放出来的时候，差点没饿死，人也被驯服了，不仅供出来自己是谁，还承诺只要盖尔罗德饶他不死，不论上刀山下火海都在所不辞。

“如果你发誓把索尔带过来，而且没有携带他的武器，”巨人露出邪恶而狰狞的神情，“我就放你走。”

洛基抽抽搭搭地照巨人说的发了誓，恨不得立刻飞到阿斯加德。到家后，他大快朵颐了一番，然后拍着大肚皮，跑去找贪吃的索尔，对他说：“我刚从约顿海姆回来，在盖尔罗德的家里大吃大喝了一顿。他大声吹嘘自己力大无穷，可是实际上，他连巨人都算不上。吃饭前，我们还即兴搞了一场友好的摔跤比赛，我差点没把他摔死；换作你，动动小指头就够他受的。可是他的饭菜确实可口，无人能及。你真该尝尝他的大麻哈鱼和美味的烤肉，还有溢满泡沫的啤酒！"

洛基说得如此天花乱坠，惹得索尔非得吃上一口不可。于是索尔和洛基一同奔赴盖尔罗德的家，武器也放在家里没带。就像洛基说的，如果他带上锤子、铁手套和力量腰带，谁还会相信他跑到约顿海姆去只是为了赴宴？

路上，他们在女巨人格莉德的家稍作停留。她是索尔同父异母的兄弟维达的母亲，对埃西尔诸神还算友好。当她听说洛基和索尔没带武器就敢去盖尔罗德的家，就把索尔叫到一边说：

"盖尔罗德完全不是贪吃的人，而是一个强壮又狡猾的巨人。你别让人给骗了。喏，你还是带上我的铁手套、魔法腰带和魔杖，千万小心。"

索尔向她表示感谢，把腰带和手套藏在外套下，手里拿着魔杖，装作什么都没发生的样子，又和洛基上路了。蹚过一条大河的时候，河水突然涨了起来，好在有格莉德的魔杖可以勉强支撑，索尔才没有被河水冲走，洛基则揪住他不放。河水的水位越来越高，眼看就要淹没他的脖子，就在这时，索尔瞅见上流有一个女巨人叉开双腿站着。于是他从河底摸到一块大圆石头，朝她扔去，一击即中。女巨人一声尖叫，马上逃走了——她是盖尔罗德的女儿之一，被她父亲派来淹死他们。

"河水的源头一定是被堵住了。"索尔说。

　　幸运的是，一棵山梨树的枝条伸到了河面上。索尔抓住一根树枝，把他和洛基安全地拉了上去，这才逃过一劫。

　　到了盖尔罗德家，他们被带进一间小房子。屋里只有一个凳子，好在索尔不是挑剔的人。他一屁股坐下去，就觉得凳子飞了起来。凳子越飞越高，直冲屋顶的横梁而去，眼看他的脑袋就要被撞个粉碎——说时迟那时快，索尔急忙用格莉德的魔杖顶住横梁，使出浑身的蛮力向上推。索尔的力气再加上格莉德的力量腰带，这么一推可不得了！索尔连带屁股上坐着的凳子，都重重地摔到了地上。凳子下面传来大声的尖叫，索尔低头一看，原来是盖尔罗德的两个女儿藏在那里，就是她们把凳子抬了起来。结果她们的后背摔坏了，索尔的脑袋却安然无恙。

　　"现在我明白了，盖尔罗德在家里招待我的可是一场鸿门宴。"索尔说。

　　仆人喊他吃饭的时候，索尔戴上格莉德的铁手套以防万一，然后进了客厅。盖尔罗德站在火堆旁边，手里拿着一把火钳子。一看到索尔进来，他就从余烬里夹起一根灼热的铁螺栓，向他砸过去。索尔用铁手套接住，使出浑身的力气予以还击。巨人一猫腰，躲到柱子后头。可是灼热的铁螺栓穿透了柱子，穿透了巨人的身体，还穿透了客厅的墙，深深地插入地下。

　　"少了一个邪恶的巨人，总比少吃了一顿美味大餐强。"索尔说，也并没有对洛基怀恨在心。不过回到阿斯加德后，他的胃口反倒更大了。

索尔和巨人乌特迦·洛奇

有一天，索尔心血来潮，决定和一个名叫乌特迦·洛奇的狠角色比试一番，看看谁的力气大。此人号称是所有巨人中最强壮的，也是最狡猾的，于是索尔邀上洛基同去。乌特迦·洛奇的领地在非常遥远的地方，他们坐在索尔的公羊车上，跑了一整天。一直到深夜，只听轰隆一声巨响，他们停在一个小农场里，并要求借宿一晚。老农夫和他的家人感到莫大的荣幸，一阵忙活，恨不得砸锅卖铁为索尔准备足够的食物。

"不必费心，我自己带了吃的。"索尔说。然后他宰了拉车的公羊，小心翼翼地剥下皮，把羊肉煮了吃。"你们尽管吃，"他告诉老农夫和他的家人，"不过千万小心，别咬断任何一根骨头。羊肉啃干净之后，把骨头整齐地放在羊皮上就行。"

说完，大家开始吃饭。可是谁都没有注意到，老农夫的儿子希亚费在一根胫骨上咬了一个口子，吸光了骨髓。第二天一早，索尔用锤子在羊皮和羊骨上一挥，那只公羊就生龙活虎地跳了起来，可是有一条腿瘸了。

"哪个小子胆敢弄断了骨头？"索尔气得直嚷嚷，皱紧眉头，怒容满面。除了洛基，所有人都在发抖。

"求求您别杀我们。"老农夫苦苦哀求，"作为咬断羊骨头的补偿，就让我的儿子希亚费做您的仆人吧。他干起活来可卖力了，跑得比风还快。"

索尔接受了他的提议，把公羊留下来，让老农夫治好它的伤腿，然后带着洛基和希亚费离开了。夜幕降临的时候，他们走到约顿海姆的一个森林里，参天大树直入云霄，望不见树梢；目力所及之处，见不到一所房子。他们不喜欢大半夜睡在约顿海姆的荒郊野外，所以继续前行。最后，他们在黑暗中看到一座奇怪的小屋，既没有烟囱，也没有窗户，甚至连前面的墙也没有了，不过至少上头有一个屋顶。于是他们走进去，吃了点希亚费带来的食物，就躺下来睡觉了。

午夜时分，他们被震耳欲聋的喧闹声吵醒。几个人从地上跳起来，在黑

暗中四处摸索，结果找到一间小厢房。洛基和希亚费躲在里面，索尔拿着锤子，坐在外面放哨。

听了一整个晚上的咆哮、怒骂和闹腾，就连索尔也感到难以忍受。等太阳出来了，他才看到地上有一个大家伙睡得正香，从他的大嘴巴里传来阵阵鼾声——原来就是这个让他们彻夜难眠！

而被他们误当成小屋的其实是巨人的连指手套，小厢房则是大拇指！巨人之大由此可见一斑。索尔犹豫再三，不敢扔出他的锤子。就在这时，巨人醒了过来，打了个哈欠，站起来伸个懒腰并四处张望，个头儿有树梢那么高。

"啧，啧，"他说，"那个手里拿着锤子的小矮人一定就是大名鼎鼎的索尔了。至于我，别人管我叫斯克里密尔。"然后他坐在地上，解开一大袋食物，开始吃早餐。巨人的食量无比之大，连一点残羹冷炙也不愿施舍。索尔只得吃希亚费带来的那点食物，假装心满意足的样子。

斯克里密尔吃饱后便站起来，提议跟他们一起旅行。他说，貌似他们走的是同一条路，所以还是结伴同行、互相分享食物比较好。

索尔当然不反对。于是巨人把希亚费的小袋子打了个结，放在他的大袋子里，往肩膀上一扔，迈开大步就出发了。索尔和他的同伴紧追慢赶，一晃又到了晚上，他们饥肠辘辘、疲惫不堪。斯克里密尔把袋子往地上一扔，躺在树底下准备睡觉。

"喏，吃吧。"他说，"我还不饿，就先睡了。"然后，他开始像昨晚那样打鼾，声大如雷。

索尔他们仨扑向食物袋，但是不论他们如何生拉硬拽，就是解不开那个结。后来索尔恍然大悟，斯克里密尔是在取笑他声称自己力大无穷呢。于是他愤怒地摇摇头，两只手抓起锤子，走上前去，在斯克里密尔的脑袋上重重地砸了一锤子。

斯克里密尔半睡半醒，叽里咕噜地说："是不是树叶掉到我的头上了，还是别的什么东西？希望那些食物还合你们的口味，索尔。不过你们怎么还不睡觉呢？"说完，他又开始打呼噜。

没办法，索尔他们只能空着肚子睡觉。尽管又累又饿，他们却无法入睡，因为斯克里密尔的鼾声让他们合不上眼。最后，索尔跳了起来，又抢起他的锤子，在巨人的脑袋上砸了一下，用的力气更大。

斯克里密尔又叽里咕噜地说："什么东西？一定是松子落在我的头上。不过你们怎么还不睡觉呢，索尔？"很快，他的鼾声越来越大。

这时，索尔简直快气炸了。"我发誓一定会杀了他。"他说。索尔将锤子抡了一圈又一圈，以最为可怕的力度砸到斯克里密尔的脑袋上。这回，他总算醒了。

"难不成是被树枝打中了？"他摸摸脑袋说，"好吧，该起床了。我要在这里拐弯，索尔，不过我很高兴一路上有你们陪伴。临别前，我愿意给你们一个友善的忠告。听你们窃窃私语，我知道你要去找乌特迦·洛奇。千万小心！你可能以为我的块头已经很大了，但他的个子比我还高，而且他绝对容忍不了像你这样的淘气鬼在他面前趾高气扬。"说完，他把麻布袋往肩上一扔就走了，留下索尔愣在那里，感到前所未有的渺小和虚弱。

索尔他们继续前行，正午时分来到一座无比巨大的要塞。他们必须把脑袋尽量往后仰，恨不得贴到背上，才可以看到墙壁的顶部。大门锁上了，他

们想办法从铁链之间钻了过去，穿过院子，来到一个大厅。门半开着，他们看到里面有很多硕大的巨人，坐在两条面前燃烧着火堆的长凳上。个头儿最高的坐中间，最矮的坐两边。不用说，乌特迦·洛奇是里面块头最大的，而且相貌穷凶极恶。

索尔谨记斯克里密尔的警告，和他的伙伴一起走到乌特迦·洛奇跟前，礼貌地向他打招呼。巨人似乎对他们视而不见，过了好一会儿，才俯身向前，眯着眼睛看他们。

"要是我没记错的话，眼前这个拿锤子的小家伙一定是索尔，大名鼎鼎的雷神。"他龇牙咧嘴地说，"可是在这个大厅里，一个人若不能用某项技能证明自己，就没有他的立足之地。现在，说说你们擅长什么游戏，你和你的朋友们？"

洛基跳了出来。"我敢打赌，在这个大厅里，没有人吃东西比我快。"他说。

"好一项高尚的技能。"乌特迦·洛奇说。他让一个个子最小，名叫罗吉的巨人出列，跟洛基比试一下吃东西。

一个堆满了肉的大木槽被端了进来。洛基坐在这边，罗吉坐在那边。比赛开始后，他们嘴里的肉消失得如此之快，犹如被火吞噬了一般。没过多久，他们的脸几乎要在木槽的正上方贴在一起。可是罗吉不仅吃肉，还吃骨头，甚至连木槽也吃，所以这场较量的胜负一目了然。

乌特迦·洛奇故作惊奇地摇摇头，以示嘲讽，又回头问希亚费擅长什么比赛。

"在这个大厅里，我跑得比谁都快。"希亚费说。

"好一项高尚的运动。"乌特迦·洛奇说。他叫出一个名唤休吉的家伙，让他跟希亚费赛跑。

他们都来到院子里，看两人赛跑。希亚费已经跑得够快了，几乎看不清他的腿；可是当休吉抵达终点时，他甚至连一半都没有跑完。

"你确实跑得快，但还不够快。"乌特迦·洛奇说。"现在，"他把脑袋转向索尔，"我们都迫不及待地想看到你能做什么，因为我们对你的伟大传说早有耳闻。"

"我们喝酒吧。"索尔说。他实在又渴又气，而且他自信就算是乌特

迦·洛奇也喝不过他。

"好极了!"乌特迦·洛奇说,"不过我事先警告你,我的牛角杯大得不得了。在我的手下里面,个子最高的,一口就能喝完;中等个头的,两口

喝完；就算是个子最小的，最多三口也能喝完。让我们瞧瞧你的本事吧，索尔。"

一个大牛角杯放在索尔面前。杯口不算宽，却无比之长。他拿起牛角杯，深深地喝上一口。等他实在憋不住气了，就把头伸出牛角杯，让他惊讶的是，杯里的酒儿乎还是满的。

乌特迦·洛奇笑了笑。"喝得不赖。"他说，"不过要是有人告诉我，索尔不能一口气喝上一大口，我可不信。再来，我知道这回你一定会喝光。"

索尔一言不发，把牛角杯举到嘴边，咕噜咕噜地喝个不停，直到他实在喝不下去了。他又看了看杯子，发现里面的蜜酒只下降了一点点，仅此而已。

"啧，啧，"乌特迦·洛奇说，"你的表现不算太好。没准儿你更擅长别的？不如你试一试，能不能把我的猫从地上抱起来？对你这样的小淘气鬼，这可是一项好运动。"

一只灰猫懒洋洋地从地上起身，伸了个懒腰。索尔愁容满面，一只手放在它的肚皮下，想把它抱起来。那只猫比他想象的要大。索尔抱它的时候，

它拱起后背，越来越高。他的手越伸越长，几乎到了极限，可是那只猫只有一个爪子离开了地面。

"不出我所料，"乌特迦·洛奇说，"我们的猫对索尔来说太重了。"

"你尽可以叫我淘气鬼。"索尔大声喊道——现在他真的是出离愤怒了，"有本事叫人出来，跟我比摔跤。"

"依我看来，这里没人觉得自己值得跟你摔跤，"乌特迦·洛奇说，上上下下打量着大厅，"还是让老妈子伊里上吧，她摔过比你更大的家伙。"

一个畸形的老太婆一瘸一拐地进了大厅，抱住索尔，开始角力。索尔越发力，她在地上站得越稳。然后她开始使出巧劲，把索尔摔来摔去，没过多久，索尔就单腿跪在了地上。巨人们欢呼雀跃，乌特迦·洛奇大声喊："够了，索尔，不劳烦你展示才艺了。像客人一样，好好坐下来吧。"

美酒佳肴一应俱全，索尔的肚子饿得咕咕叫。尽管之前颜面扫地，他还是吃了一大块肉。

他们在巨人的大厅闹腾了一晚上，第二天一早，乌特迦·洛奇送他们到大门口。

"说实话，索尔，你对这次的乌特迦之行怎么看？"到了门口，他问。

"我知道你很看不起我，这让我有点无法忍受。我在这里只收获了耻辱。"索尔说。

"现在你在外头，"乌特迦·洛奇说，"我实话告诉你，你的表现比你自认为的要好得多。听说你要来了，我特意溜出去观察你。那个斯克里密尔——你在树林里遇到的巨人——不是别人，就是我。你以为你用锤子砸中我的脑袋，其实是被我糊弄了，因为我把一座山挪到了你我之间。远处那座山有三道深沟，就是你的锤子砸中的地方。你解不开我的食物袋，因为我打的是巨魔结。就算洛基那么聪明，也看不出来与他比赛吃东西的罗吉，实际上是野火变作的人形。希亚费跑得快，但我派出去的休吉不是别的，而是念头，所谓一念之间，试问谁能跑得过它？当你试图倾空牛角杯时，你没发现它的尾端深入海底吗？实际上你喝得很猛，以至大海都退潮了。你的眼神那么不灵光，竟然没发现那只猫其实是洛基的儿子尘世巨蟒变的。当你伸长手臂，以至尘世巨蟒的头尾都要离开地面的时候，真把我们吓了一大跳，连米德加德的群山也在发抖。而你对抗伊里的举动蔚为奇观，因为她是老年的化身。没有一个人不被她摔过跟头，只要他活得够长。

"这次我是愚弄了你，但我还是希望从今往后再也见不到你。"

索尔盛怒之下举起锤子，可是没等他挥击，乌特迦·洛奇就消失了，他的要塞也不见了。只有索尔和他的同伴站在那里，周围全是沙堆和瓦砾。

经过一路的长途跋涉，回去取他的公羊时，索尔依旧怒不可遏、一言不发。洛基却一脸邪恶，强忍着笑意，盼望能早点散播索尔如何在乌特迦·洛奇的领地上受辱的"事迹"。尽管他也被愚弄了，但没关系，只要索尔颜面扫地就值了。

索尔和巨人朗格尼尔

有一天，奥丁骑着斯雷普尼尔——他的八脚战马腾云驾雾，被巨人朗格尼尔瞅见了。朗格尼尔也有一匹快马，同样可以腾云驾雾，而且无比英俊，长着黄金鬃毛，因此他颇以它为傲。

"我敢打赌，我的马比你的跑得更快。"他向奥丁叫板。奥丁压根儿不理会他，朗格尼尔很生气，跳上他的马，在奥丁后面紧追不舍，硬要展示给他看。他们像暴风云一样在天上驰骋，奥丁一马当先，朗格尼尔稍显落后。跑得兴起，巨人没发现阿斯加德就在眼前，等他反应过来时，早就冲过了大门。他立刻停在阿斯加德的院子里，对巨人来说，那可不是一个安全的地方。

算朗格尼尔走运，索尔不在家，而恪守待客之道的奥丁无法拒绝一个远道而来的旅者。于是他请朗格尼尔进屋，喝上几杯蜜酒，涤荡尘埃。埃西尔诸神给他索尔的大牛角杯，装满美酒，恪尽地主之谊，尽量让他觉得自在。一开始，巨人还注意分寸，可是第一杯酒刚喝完，他就大声使唤弗雷娅再帮他满上。之后，他开始闹腾吹牛，说他会将瓦尔哈拉连根拔起，带到约顿海姆；然后把阿斯加德扔到海里，所有埃西尔神祇都会被淹死，只有弗雷娅和

119

希芙可以逃过一劫，因为他想娶她们为妻。

一个巨人如此狂妄，实在有点过分，于是埃西尔诸神召来索尔。他立刻出现在门口，手里挥舞着锤子。朗格尼尔一看到他，头脑立刻清醒了。

"我真是一个笨蛋，竟然没带棍棒就贸然闯入阿斯加德。"他跳起来大声说，"不过，是你父亲邀请我的，而且杀死一个没带武器的客人，对你索尔来说，也不是一件体面的事情。我们明天再见，打个痛快。如果你敢来，我会在靠近我领地的冰川下恭候大驾。"

"滚出阿斯加德，马上！"索尔大声咆哮道，"看我明天怎么修理你。"

朗格尼尔骑马回家，找来他的左邻右舍。他大声吹嘘了一番自己是如何恐吓埃西尔诸神后，说明天一早要和索尔打架，为此他需要一个助手。

巨人们交头接耳。要是可以除掉索尔，没准儿他们就可以占领阿斯加德。可是，没人觉得自己足够强壮，可以做朗格尼尔的助手。于是他们决定用黏土造一个可怕的巨人，放在朗格尼尔身后，以作奥援。忙活了一晚上，快完工的时候，他们在土人的胸腔里放了一颗母马的心脏，土人就有了生命。除了母马之外，其他生物的心脏都不够大，不足以让巨人活下来。

天将破晓，朗格尼尔在冰川下站好，黏土巨人耸立在他身后。太阳升起来的时候，索尔和他的仆人希亚费一起来了。希亚费，世上跑得最快的人，跑在索尔前头，大声喊："朗格尼尔，别把你的盾牌举那么高，否则索尔会从底下攻击你。"

朗格尼尔听到后，把盾牌弃置于地，还把脚踩在上面，双手握紧他的磨石棒。索尔大声咆哮着，隆隆作响地迫近了，巨人勇敢地伫立不动。可是那个黏土巨人吓得浑身发抖，冷汗直流，因为虽然他胸腔里的母马之心足够大，却不够有胆量。

索尔抛出他的锤子，与此同时，朗格尼尔举起双臂，扔出他的磨石棒。两个武器在半空中相撞，发出震耳欲聋的声音。磨石棒裂成碎片，四处飞溅，据说全世界的磨石山就是这么来的。其中一块碎片刺入索尔的脑袋，他应声倒地。

但他的锤子还在天上飞，朗格尼尔的燧石脑袋被击中，碎了一地。巨人瘫倒在地的时候，一条腿压住了索尔的脖子。不论索尔如何挣扎，就是挣脱不开。就这样，他被已亡的朗格尼尔死死地压住。

与此同时，希亚费轻而易举地放倒了吓破胆的黏土巨人——他只是在巨人的粗腿下又挖又刨，就让他脸朝下倒在地上，只留下一堆又一堆的巨石和黏土的残骸。然后希亚费跑去帮索尔，但也无能为力。于是他赶紧跑回阿斯加德求援。

　　等奥丁和其他埃西尔诸神都到场的时候，竟然没有人可以把巨人的大腿从索尔的脖子上抬起来。就在这时，索尔的小儿子马格尼终于赶来了，因为他腿短跑不快。他只有三岁，但身体之强壮却超乎想象，光凭一只手就抬起了朗格尼尔的脚。因此索尔以他为傲，就把朗格尼尔那匹黄金鬃毛的骏马送给他。

　　索尔回到阿斯加德后，想尽一切办法，要把磨石碎片从他的脑袋里取出来，但是徒劳无功，碎片就是嵌在里面不动。从那以后，要是有人不小心把磨石扔到地上，碎片飞溅，雷神索尔的脑袋就会一阵剧痛。紧接着，天上就会电闪雷鸣，因为跟大多数凡人一样，索尔受苦的时候也不会一声不吭。

索尔和巨人艾吉尔

艾吉尔，暴躁的老巨人，风暴之海的领主，跟他的妻子和九个女儿住在遥远的海里。白色的海水泡沫围住他的府邸，阵阵尖叫的海鸟遮蔽了他的屋顶。兰，他的妻子，一个邪恶的女巨人，喜欢兴风作浪，摧毁船只，让水手葬身海底。然后，她贪婪地搜刮他们的金子，堆积在壁炉上，简直比火焰还要晃眼。

艾吉尔的九个女儿是野性难驯的美少女，最爱咆哮怒吼的海风。她们欢快地跳到海里，随着猛烈冲击海岸的大浪漫游。她们的红头发在阳光下闪闪发亮，温暖而又惹人喜爱，但她们的为人却冷酷无情，谈笑之间就能倾覆船只，好让她们的母亲搜刮到更多的金子。

埃西尔神族与艾吉尔和平共处，让他大权在握，甚至把他当作自己人。他在阿斯加德颇受欢迎，但从未邀请埃西尔诸神去他的府邸做客。最终埃西尔诸神觉得，是时候让艾吉尔设宴款待他们了。于是，索尔毫不客气地给他送去了口信。

"你们最好赶紧忙活起来，酿酒、烘焙。"他说。接着他皱起眉头看着艾吉尔，以至艾吉尔不敢说"不"。艾吉尔局促不安，眯起眼睛，试图想出一个借口。由于他的眼睛本来就小，又难看，这下子让他更丑了。

最后他说："我的锅不够大，不能为这么多尊贵的客人同时酿造啤酒。不过，如果你可以为我带来一口大锅，我很乐意招待你们。"他知道除了希米尔——最野蛮的巨人之一外，没人有这么大的锅，而且希米尔绝对不愿意把锅借给埃西尔神族。但索尔竟然一口应下，返回了阿斯加德。

索尔的同父异母兄弟，提尔，是希米尔的外孙。他记得希米尔的家里到处挂着大锅。"我跟你一起去，"他对索尔说，"如果我说话得体，没准儿我外公会借你一个。"

于是索尔和提尔出发前往约顿海姆，来到希米尔的府邸。他的妻子，

122

一个长着九百个脑袋的丑老太婆，挡在门口。不过她的女儿，就是提尔的母亲，是个既漂亮又温柔的女人。她走上前来让他们进屋，并热情地接待了他们，还问有什么要事，让他和索尔大老远跑到约顿海姆。得知他们的来意后，她摇了摇头，不过表示愿意试一试，看能否帮到他们。

"赶紧躲到柱子后头，"她说，"老头子很快就回家了，他可不喜欢家里有陌生人。"

索尔不愿意自己因为一个巨人而躲起来，但他和提尔还是照做了。他们刚藏起来，希米尔就闯入家门。他下巴上冰冻的胡子噼噼啪啪、叮叮当当作响，跟他的心情一样冰凉。

"您回来啦，父亲，快坐在火边，暖暖身子。"提尔的母亲说，"我有一个好消息，您的外孙提尔来看我们了，他的兄弟索尔也在。他们就在柱子后头，等着见您。"

希米尔一听到索尔的名字，立刻跳了起来，狠狠地扫视大厅。他的目光如此凶暴，连柱子都被劈开了，八口悬挂在横梁上的大锅摔落在地。除了最大的那口，其他锅都摔成了碎片。

这时索尔和提尔走上前来，礼貌地问候他。希米尔嘴里叽里咕噜，恨不得破口大骂，但还是假装出主人的风度。就算是巨人，也要恪守待客之道，于是他的烤肉扦子上就串了三大头牛。索尔一人吃了俩，成桶的啤酒和蜜酒正好让他就着下肚。

"似乎你一个人吃了跟一个成年人大小的肉。"希米尔对索尔说，"如果明天咱们还想大吃一顿，你最好跟我一起去捕鲸。"索尔无法拒绝，第二天一早两人就出发了。他们没有用鲹鱼做诱饵，索尔呢，干脆在他的鱼钩上吊了一个牛头！他们每人抓起一副船桨，在汹涌开阔的海面上划行。一直到陆地消失不见，他们才收起船桨，扔出鱼钩。

希米尔很快钓到了两条肥美的鲸鱼，在他的鱼钩上活蹦乱跳，之后被他抛在船上。可是，索尔的鱼钩吊着牛头，一路沉到海底。突然之间，他们身边的大海波涛汹涌，不知道什么东西在猛拉索尔的鱼竿，让他的一只手重重地摔在船舷上。他怒不可遏，用力猛拉，你们猜他拉上来了什么玩意儿？是米德加德之蛇，也就是尘世巨蟒！索尔和巨蟒彼此怒视，目露凶光。接着，索尔一个锤子出去，打中了巨蟒的头颅。巨蟒一声哀号，连地球和海洋都在

颤抖，远处的群山也传来阵阵回响。希米尔吓得牙齿打架，赶在索尔再度扔出锤子前，眼明手快地割断了鱼线。漩涡吐出巨大的泡沫，巨蟒沉入海底。

索尔阴沉着脸，一言不发。他们默默地划到岸边。上岸的时候，希米尔说："我们一起收拾吧。"索尔还是不说话，两只手抓住装满鲸鱼、船桨、铲斗和舱底水的小船，一口气拉上了岸。然后他把鲸鱼抛到肩膀上，胳肢窝夹着船桨，噔噔噔地向希米尔的家赶去。希米尔几乎跟不上他的脚步，即便两手空空。九百个脑袋的老太婆煮了鲸鱼，这下有足够的食物吃了！

等希米尔吃饱了，抹去胡子上的鲸油时，提尔请求借给他们一口大锅。"在这顿饭上索尔功不可没，您不好拒绝吧。"他说。

"划个小船，扛两条鲸鱼，走一点点路，实在花不了什么力气。"希米尔酸溜溜地说，还对索尔沉下脸来。"不过要是你可以打破我的水晶杯，那他们说你力大无穷才算不假。"他说，"如果你真的做到了，我就送你一口锅。"

索尔拿过酒杯，用力砸在大厅里的柱子上。酒杯竟然穿透了柱子，掉到

126

地上，但上面一点痕迹也没有。

"朝希米尔的脑袋上扔，"提尔的母亲在他耳边小声说，"世上没有什么东西比他的脑瓜子还硬。"

索尔抡圆了酒杯，使出所有的力气扔出去。果然，酒杯一砸到希米尔的脑袋，立刻碎成了成千上万块水晶碎片。

希米尔难过得直哼哼。不仅珍贵的水晶杯没有了，他仅剩的最后一口锅也要被人拿走。但他无法阻止索尔将大锅扣在头上，离开大厅。提尔跟在后面。大锅如此沉重，以至索尔的脚深陷在地里；锅又是如此巨大，以至锅把手都撞到了他的脚后跟。就算是索尔，要把它带走也有困难。

他们没走多远，便听到身后传来嘈杂声。回头一看，一群巨人和多头巨魔正在他们身后追赶，而且还有更多的从地缝和大石头后面蹦出来，为首的就是希米尔。索尔放下大锅，抡起锤子。每扔一次，就击倒一个巨人或巨魔，不一会儿，他就结果了希米尔和他的所有手下。然后，他又把大锅扣在

头上，直奔艾吉尔的府邸。

　　艾吉尔说到做到，谅他也不敢出尔反尔。他酿好了啤酒和蜜酒，准备了一顿了不得的盛宴，埃西尔诸神从未见识过。壁炉上的黄金闪闪发亮，照亮了大厅。牛角杯从桌子这头递到那头，从这只手传到那只手；酒杯空了，立刻就满上。艾吉尔的两个仆人像影子一般，无处不在，食物在客人面前堆积如山。这是前所未有的盛宴，心情无比愉快的艾吉尔夸下海口，每年他都会这么招待埃西尔诸神一次。

巴尔德之死

随着时间的流逝，阿斯加德的生活日益忙碌起来，不论男神还是女神，现在都没有空闲坐在绿油油的草坪上，用金棋子下棋。他们使出浑身解数，指引地球上日益增加的人口。战争此起彼伏，让奥丁和他的女武神目不暇接；索尔总是出门击杀巨人和巨魔；洛基从坏蛋变成大坏蛋，心肠日益恶毒——过去他只是喜欢引人注目，现在如果他的鬼主意没有受到称赞，就会变得暴跳如雷；只有温和的巴尔德似乎没有变化。

可是这时，巴尔德开始饱受噩梦的困扰。这让其他埃西尔神祇忧心忡忡，因为他们害怕这些噩梦是不幸的先兆；而且除非知道梦境的意蕴，否则他们无法采取行动保护他。他们在世界之树伊格德拉修的脚下会商，最后敲定必须由奥丁亲自前往渥尔娃女巫的坟墓，这个睿智的老女人很早以前就去世了，他得使出魔法让她现身，逼她为巴尔德解梦。

一个伸手不见五指的夜晚，奥丁来到了渥尔娃的坟前。念了一番魔咒后，渥尔娃的鬼魂从空荡荡的坟冢里飘了出来，呻吟个不停。她不耐烦地说："巴尔德的日子屈指可数了，赫尔已经在她的黑暗地狱为他准备了位置。"说完，她又溜回坟墓。

奥丁悲痛欲绝，返回阿斯加德，告诉埃西尔诸神他们已经山穷水尽，巴尔德很快就会去见赫尔。但是巴尔德的母亲弗丽嘉不肯放弃任何一丝希望。她跑到大千世界，让所有东西，不论活的还是死的，都承诺不伤害她的儿子。水、火、石头、金属、疾病、植物、树木，以及所有动物，都向她发誓。弗丽嘉兴高采烈地回到阿斯加德，埃西尔神族又高兴起来，现在没有任何不幸可以伤害到他们挚爱的巴尔德。

　　埃西尔诸神对此坚信不疑，开玩笑地在巴尔德身边围成一圈，用鹅卵石、岩石、长矛、斧头扔他——甚至还用箭射他！所有东西都对他毫发无伤，逐一落在他脚下；巴尔德微笑而立，仿佛被鲜花沐浴过一般。这个游戏好玩儿极了，埃西尔诸神哈哈大笑，好不开心。只有洛基例外。他的邪恶之心已被嫉妒侵蚀。他偷偷溜走，变成一个丑老太婆，一瘸一拐地走到弗丽嘉身前说："你把儿子保护得真是好啊。不过你真的确定，世上所有东西都向你承诺不伤害他？"

　　"当然确定。"弗丽嘉回答，"任何东西，除了小槲寄生。它又小又软，我就没把它放在心上。"

　　"啊哈，这将是巴尔德的索命鬼。"洛基暗喜，又一瘸一拐地匆匆离开。

他迅速找到一株槲寄生，用它的细枝削了一支利箭。然后，他回到埃西尔诸神那里，他们还在巴尔德身边玩闹。

霍德，巴尔德的盲兄弟，独自站在一边。"为什么你不跟他们一起玩呢？"洛基问。

"怎么玩？"霍德回答，"我看不见巴尔德站在哪里，而且我也没有武器。"

"喏，"洛基说，"拿上我的弓箭，我来帮你瞄准。"在洛基的帮助下，霍德引弓发射，等着听到箭落到地上的声音。然而，他却听到一声闷响，以及埃西尔诸神悲痛的叫喊声。从未有一支箭射得如此之准，直刺巴尔德的心脏。

埃西尔诸神转过身来，惊恐地盯着霍德，他还是独自站在一边，洛基早

已溜走。埃西尔诸神的双臂都无助地垂在身侧，无不痛哭流涕。温和的巴尔德死了，这让他们往后该如何是好啊。

埃西尔诸神最后还是振作起来，开始为他张罗一场隆重的葬礼，就在他的大船上。他们垂着脑袋把巴尔德抬到海边。所有男神和女神，所有精灵和侏儒，甚至还有一些巨人和巨魔，都跑来跟巴尔德永别。只有洛基不见踪影。

他们在桅杆下摆了一个柴堆，上面放满了巴尔德的珍藏。可是当他们试着让船下水的时候，船就是一动不动，仿佛被钉在地上一般。没人推得动它，就连奥丁也不行。他们不得不派人去约顿海姆，请女巨人希尔罗金。

希尔罗金说到就到，骑着一匹野狼，缰绳是一条蛇。经她用力一推，就连浪花都火星四溅，整个大地都在颤抖。船漂在水上，巴尔德的尸体也放在了柴堆上。南娜，他的妻子，见到这一幕，心碎而死；没有他，她也活不下去。于是，埃西尔诸神悲痛地让她躺在丈夫身边。

这时奥丁脱下他的金臂环，放在巴尔德的胸口上作为临别之礼，然后点燃了柴堆。索尔在火堆上抡了三次锤子，为他祝福。缆绳被割断，熊熊燃烧的大船在海上越漂越远，只有奥丁的黑乌鸦还在桅杆周围盘旋，艾吉尔的女儿把海水的泡沫抛得老高。大家目送船只沉入地狱，全都在为巴尔德哭泣。

与奥丁相比，弗丽嘉更为悲痛，因为她责怪自己。为什么忽略了弱小的

槲寄生？她的粗心大意还有方法弥补吗？

"谁想赢得我永久的挚爱？"她问奥丁的儿子们，"谁敢踏上前往地狱的暗路，哀求赫尔让巴尔德复活？"

奥丁的儿子赫尔莫德有着莫大的勇气，走上前来，表示愿意前往地狱。于是，他们给奥丁的八脚战马斯雷普尼尔装上马鞍，让他火速上路了。一连九天九夜，他穿过凄凉的沼泽，越过闹鬼的山谷。第九个晚上，终于到了一座铺满黄金的桥梁，横跨于一条发源于尼福尔海姆的冰河之上。这是前往地狱的亡者必经的桥梁。赫尔莫德无所畏惧，踏上桥梁，但却被坐在河对岸的

　　守卫——一个女巨人喝住了。

　　"谁把我的桥弄得这么响？"她大声喊，"一百个死亡骑手造成的动静也比不上你的马。你并非死人，红润的脸颊可以为证！"她起身挡住他。

　　"我是赫尔莫德，奥丁之子。我这是去地狱找我兄弟巴尔德。"他喊话回去。

　　"那么，过去吧，"女巨人说，"我见到你漂亮的兄弟过了桥。去地狱的路往下再往北。"她又加了一句，还为他指点方向，因为连她也为巴尔德伤心。

　　赫尔莫德顺着那条路，很快就到了地狱门口。可怕的巨犬加姆守在那里，大声咆哮，恨不得挣断皮带，但赫尔莫德策马跃过了大门。最终他停在门口，迈入赫尔的府邸。

赫尔坐在她的王座上，面色煞白，令人望而生畏。对面坐着的就是巴尔德，南娜在他旁边，头上的花环萎谢了。一杯蜜酒摆在他们面前，但是没动过。他们坐在那里一动不动，像是在做梦。

赫尔莫德问候过赫尔，开始讲述来意。他求了赫尔一整个晚上，让她放巴尔德回去。他告诉她，埃西尔诸神对巴尔德的意外身亡感到无比悲痛，连大自然都在为他哭泣。最后，赫尔从王座上起身，盘绕在她巨大身躯上的黄金像火焰一般耀眼。"若是世间万物——不论死活——真的都如此喜欢巴尔德，为他哭泣，我就让他死而复生。但是，如果有一样东西不哭，那么他就必须留下来陪我。"她说。

赫尔莫德正想离开，巴尔德站起来，送他出门。他感谢赫尔莫德为他经受了一路上的旅途劳累，然后把德罗普尼尔——那个金臂环给他，要他还给奥丁，因为黄金对死人毫无用处。

赫尔莫德穷尽斯雷普尼尔之力，疾速返回阿斯加德，带去了赫尔的话。这给埃西尔诸神带来了希望。他们毫不怀疑，世间万物会跟他们一起为巴尔德哭泣；弗丽嘉也立刻派出信使，告诉万物为了把巴尔德救出地狱，必须一起放声大哭。

每样生物、每个东西都在哭泣——男人和女人、野兽、鸟类、树木、花朵、石头、金属——不管活的还是死的，都为巴尔德掉泪。

可是就在信使回阿斯加德的路上，他们碰到了一个丑老太婆，独自一人坐在洞穴里。当信使要求她哭泣的时候，她不仅滴泪未掉，还粗声粗气地说："巴尔德从未为我做过任何事，就让赫尔把他留在地狱里吧。"她自称索克，实际上是洛基变的。

就这样，巴尔德不得不留在赫尔的阴曹地府。霍德很快也随他而去，因为根据埃西尔的律法，必须一命抵一命。瓦利——奥丁最小的儿子——把霍德送入地狱，也算是为巴尔德报仇雪恨了。

洛基受罚

　　没了巴尔德，生活还是要继续。时间飞逝，又到了艾吉尔宴请埃西尔诸神的日子。所有男神和女神都光临他的府邸，很多精灵也去了。只有索尔缺席，他又出门击杀巨人和巨魔了。

　　艾吉尔准备的盛宴比上次还要丰盛。壁炉上耀眼的黄金比以前更多，牛角杯在桌子上传来传去，艾吉尔的两个仆人忙得不可开交，为客人提供的饭菜远超他们的肚量。所有人都很开心，互相恭维，盛赞热情的主人和他的仆人。洛基又忍不住炉火中烧，因为没人说他的好话，对他的巧舌如簧也充耳不闻。最后他暴跳如雷，扑到一个仆人身上，把他杀了。

　　艾吉尔愤怒地站起来。但他们不能伤害洛基，因为奥丁的存在让大厅成为圣地，再说他还是奥丁的结拜兄弟。但他们把他赶了出去。洛基更加气急败坏，在大厅周围游荡，偷听屋里的谈话。诸神又在互相吹捧，但没有一句好话跟他相关。他满怀怨恨，又溜到客厅里，径直走到奥丁身前，要奥丁敬他一杯酒。

　　"亲爱的奥丁兄弟，"他语带不屑，"难道你忘了我们最初的誓言？从不接受任何好处，除非另一个人也有份。现在，谁愿意敬我一大杯啤酒？"

他压低脑袋，奥丁让他的一个儿子给洛基敬酒。洛基一饮而尽，又壮了几分胆气，对埃西尔诸神破口大骂，连女神们也不放过；当奥丁试图让他闭嘴的时候，他反倒针锋相对。

"奥丁，"他大声挑衅，"你从来不像你想让我们信服的那样强大和睿智。因为只要有人谄媚你，你就让他打胜仗，尽管他的勇气不如对方，很多次我都亲眼所见。"

"洛基，赶紧闭嘴，"奥丁说，"我还见过你变成女人呢。除了洛基你，谁会是我的坐骑斯雷普尼尔的母亲？"

取笑一个男人变成女人，没有比这更大的侮辱了。洛基脸色发白，但迅速反击。"我也记得你与女巫为伍，练习黑魔法。"他大声说。

"你们俩都别说话，"弗丽嘉说，"过去的事情就让它过去吧。"

一听此言，洛基转向弗丽嘉，继续骂骂咧咧："我来告诉你更多的过去。要不是因为我，你亲爱的儿子巴尔德今天也会在这里。正是我发现了槲寄生的秘密，把弓箭给霍德，帮他瞄准，巴尔德才有那样的下场。而且你以为那个拒绝为巴尔德哭泣以让他重获新生的老太婆是谁？"接着，他又面对其他人，挨个儿骂过去，连希芙和她的丈夫索尔也不放过，虽然他们俩都不在场。洛基被愤怒冲昏了头脑，忘记只要一提索尔的名字，他就会出现在眼前。果然，电闪雷鸣之际，索尔转眼就站在门口，手里拿着锤子。洛基唯一惧怕的就是索尔的锤子，所以转身就跑，但临走前还不忘嘲弄索尔。

"强大的索尔，"他奚落道，"你在巨人的连指手套里面睡觉的那个晚上，可没那么强大。"赶在索尔扔出锤子之前，他一溜烟地跑了。"艾吉尔，"他又回头大声说，"千万别再招待埃西尔神族，否则你所有的一切必会被烈火吞噬。"说完，他才跑到远处的深山里躲起来。

"是可忍，孰不可忍！"埃西尔诸神大声嚷嚷，"洛基必须受到惩罚。"

为了找到洛基的藏身之处，奥丁坐在他至高无上的王座上俯瞰世界。远处，在一道瀑布边上，有一座奇怪的小房子，四面墙上都开着门，这引起了他的注意。他再仔细一看，发现洛基就坐在里面，正在火堆边用绳子织网打结。

埃西尔诸神火速赶过去抓他，但洛基通过四扇敞开的门小心张望，发现了他们的行踪。他把手头上的活计扔到火里，跳进瀑布，把自己变成一条大麻哈鱼。"他们绝对不可能让我上钩的。"他暗自窃笑。洛基也不担心被渔网捕到，因为那时候还没有渔网。实际上渔网正是他发明的，而他刚刚把它扔到火里烧了。

可是这一次，洛基聪明反被聪明误。因为埃西尔诸神在灰烬里看到了渔网的残迹，认定这是用来捕鱼的工具，自己动手做了一个。他们把网扔到瀑布里，顺着水流往下拉。变成了大麻哈鱼的洛基在河底的大石头之间游走，看到渔网从他头上滑过，笑开了花。

"一定会抓到他的，"埃西尔诸神说，"我们在渔网上放一些树皮，让它漂起来，再放上一些石头，让网底沉下去。然后我们一直把网拉到海里，让索尔跟在后面守株待兔。"

用这个方法，洛基被一路赶进大海里。水里到处是鲸鱼、鲨鱼和海怪，专以捕鱼为生，于是洛基又想游到上游去。他孤注一掷，想从渔网上跃过去，却被索尔抓了个正着，光溜溜的鱼尾巴被揪住了。

埃西尔诸神这回毫不留情。他们逼迫洛基变回人形，将他带到一个阴森森的洞穴，然后把他放在陡峭的岩架上，牢牢绑住，头顶吊着一条毒蛇，好让毒液滴到他的脸上。就这样，他们把洛基丢在那里，任他自生自灭。

西格恩，洛基忠诚的妻子，在他身边尽量帮他缓解痛苦。她用一个杯子接住毒液，等杯子满了，再把它倾空。在这空当，毒液就会滴到洛基的脸上，让他浑身剧烈扭曲，用力拉扯脚镣，以至整个世界都在颤抖。地球上的人类祈祷诸神让他们免于地震之灾，可是阿斯加德的埃西尔诸神一想到巴尔德，就狠下心来，对人类不理不睬。

诸神的黄昏

　　世界之树伊格德拉修摇晃个不停，四季常青的叶子开始枯萎。奥丁忧虑万分。他，作为众神和人类之父，又一次违背了约定。他默许埃西尔诸神惩罚洛基，可不管洛基有多么邪恶，也是他的义弟，而他们曾彼此发誓永远亲密无间。埃西尔的世界建筑于荣誉之上，现在礼崩乐坏，埃西尔神族也就不再高尚圣洁。他们的世界正在分崩离析。

　　忧郁至极的奥丁跑去找女智者渥尔娃的坟墓和米密尔的脑袋寻求建议，可他所能听见的只是："刀光剑影，鬼哭狼嚎，大限临头！你现在还没有领悟吗？"

　　奥丁恍然大悟，诸神的黄昏——决定诸神命运的报应之日，正在急速迫近。埃西尔诸神很快就要面对毁灭的力量，要么战胜它，要么被毁灭。

　　自从仁慈的巴尔德去了赫尔的地狱后，众神和人类的善意荡然无存。兄弟阋墙，互不信任。由于对黄金的强烈占有欲，人类互相偷盗、互相杀戮，血腥的战争在全世界肆虐。奥丁和他的女武神从一个战场到另一个战场，疲于奔命，搜罗尽可能多的英雄，为最后一战做准备。连瓦尔哈拉那么大的神殿，如今也已经人满为患。

　　索尔跟他的父亲一样忙碌，永远在去击杀巨人和巨魔的路上，因为恶魔的胆子越来越大，靠得越来越近，用冰雪攻击这个世界。他们冷若冰霜的呼吸形成一层冰雾，罩住了整个地球，遮蔽了温暖的阳光。

　　然后是持续三年的冬天。深雪覆盖地面，世间万物无一可以发芽生长。人类不再为黄金而是为食物而战，饿死的鬼魂几乎要把赫尔的地狱挤爆。

　　终于，凌晨时分，远未到破晓的时候，阿斯加德的金鸡伸长脖子，大声啼鸣。栖息在地狱屋顶的黑鸡也应声而起，遥相呼应。"诸神的黄昏"到了。

地球裂开了口子，径直通向冥界，全世界的联结"砰"的一声断裂。加姆——赫尔的猎犬挣脱束缚，芬里斯挣脱魔法镣铐，洛基也在岩架上重获自由。任何人皆可随心所欲，无所束缚。

尼福尔海姆的深处，毁灭之龙尼德霍格不断地啃咬世界之树的根茎。伊格德拉修摇摇欲坠，痛苦地呻吟，树叶全部掉光。"毁灭！"命运三女神诺恩在树下哭号。她们用手捂住脸，停止了生命之线的纺织。

正在彩虹桥高处放哨的海姆达尔看到敌人从四面八方而来，立即把加拉尔号角举得老高，使出全身的力气吹响。刺耳的号角声穿透全世界，埃西尔诸神一跃而起，穿上他们的战袍。瓦尔哈拉的大门全部打开，奥丁的英雄部队冲了出来。他们喊着嘹亮的战斗口号，在奥丁身后排成战斗队形。

众神和英雄的大部队穿过阿斯加德的大门。首当其冲的是八脚战马上的奥丁，他的独眼像太阳一样耀眼。索尔在他身边迈着大步，看到从东边蜂拥而来、杂乱无章的巨人和巨魔，他不停地挥舞锤子，恨得咬牙切齿。

米德加德之蛇，也就是尘世巨蟒，从泡沫翻腾的海上滑行到地上，碰上了他的兄弟芬里斯。这匹恶狼变得无比之大，豁开的嘴巴上达天空的穹顶，下至地球，要是天地足够宽敞，他的嘴巴还可以张得更开。两个可怕的恶魔并排而行，向前推进。

从北边来了一艘幽灵船——纳吉尔法。船身两侧覆满了剪下来的手指甲和脚指甲，船由一群鬼魂驾驶。站在船舵前指引这艘船闯过怒海的，正是洛基——为了复仇而来。

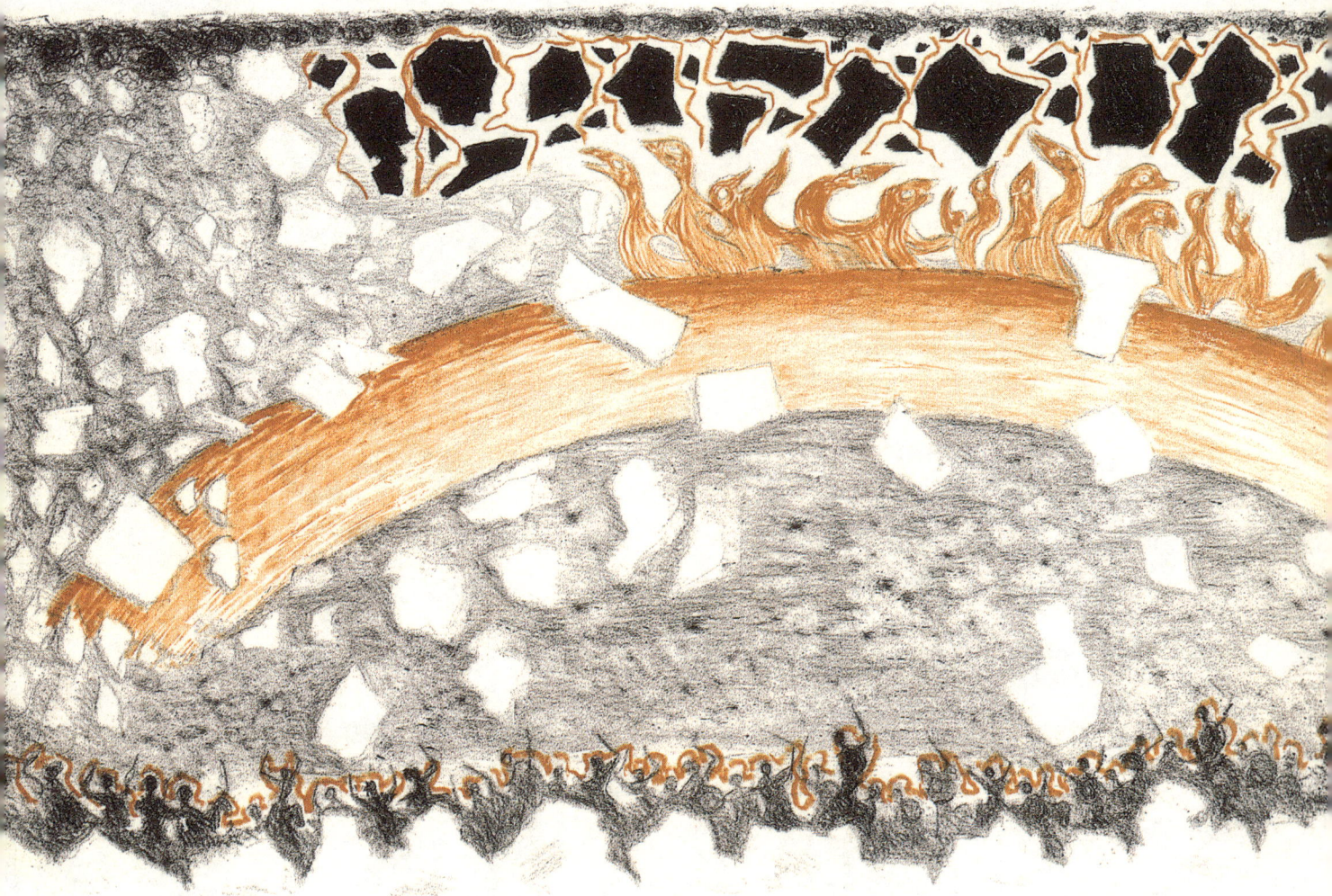

　　怪物的动静如此之大，连天空的穹顶都被震裂了。苏特——"火之国"穆斯贝尔海姆的主宰，从裂口乘虚而入。他挥舞着燃烧的利剑，冲向彩虹桥，任何东西被它碰到都会起火。他的勇士在他后面，那是一群又一群的火恶魔，全部是为了征服阿斯加德而来。可是当他们冲上闪烁的彩虹桥时，桥身竟然断裂了。

　　紧接着，苏特和他的勇士在一望无际的原野维格利德，开辟了全世界最大的战场。一百六十公里长、一百六十公里宽的地方，作为众神和巨人的战场倒是挺合适。紧随火恶魔之后，一群又一群的巨人和巨魔，以及各种妖魔鬼怪都加入战斗。他们排成一行又一行，等着埃西尔神族的到来。

　　在奥丁的率领下，众神和英雄的大部队席卷原野。奥丁径直冲向张开大嘴的芬里斯，但是没等他将长矛刺入恶狼的深喉，就被芬里斯一口吞掉。

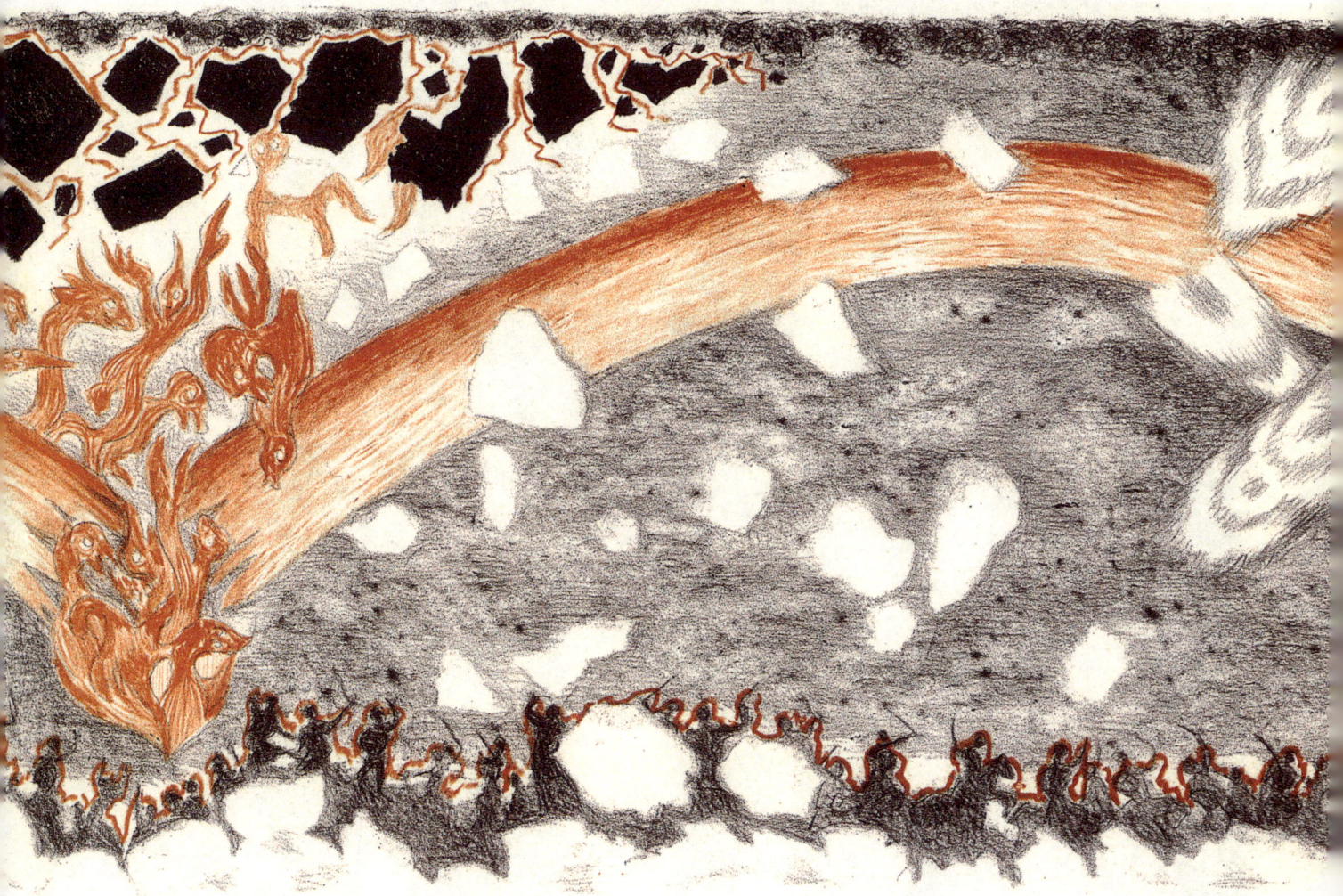

　　索尔与尘世巨蟒打得正酣，帮不了父亲。他一次次地用锤子猛砸巨蟒嘶嘶作响的脑袋，直到巨蟒气绝身亡。索尔跟跟跄跄地倒退九步，被巨蟒最后吐出来的毒气杀死，只比它多活了几秒钟。

　　维达决定为父亲奥丁报仇雪恨。他有一双大靴子，由地球上的好人积攒下来的制鞋皮革的边角料做成。他向前高高跃起，靴子刺入恶狼的嘴巴，双手将它的嘴巴和脑袋撕成两半。

　　不共戴天的对手——洛基和海姆达尔同归于尽，分别被对方的武器杀死。提尔和加姆也是如此。

　　弗雷被火巨人苏特的火剑刺死。弗雷的武器只有一对鹿角，当初为了赢得巨人少女吉尔达的爱，他把自己的黄金宝剑送了出去。

　　奥丁的大部队遭到巨人和巨魔用火球、石头甚至山脉的围攻，但他们血

战到底，直至最后一人。

终于，战役结束了。大部分的埃西尔诸神和奥丁的勇士都倒在血泊之中，女神的哭泣声响彻世界。

此后，两个变身成狼的巨人追上了太阳和月亮，一口吞了他们。

埃西尔的世界一片黑暗，世界之树伊格德拉修倒塌在地。苏特举起火剑，让世间万物陷于火海之中。海平面急剧抬升，淹没了山脉和陆地。空气在颤抖，星星从天上掉下来，熊熊燃烧的地球消失在波浪下，阿斯加德的圣殿分崩离析。

毁灭之龙尼德霍格从大海深处冒出来。它在这个沉沦的世界上空盘旋了一会儿，然后复归于虚空。

整个埃西尔世界只有艾达绿地保存下来，他们的厅堂依然伫立在那里，闪闪发亮。幸存下来的埃西尔诸神就在那里相聚。

地球裂开的时候，温柔的巴尔德从地狱里出来，领着他的盲兄弟霍德。索尔的儿子马格尼和莫迪、奥丁的儿子维达和瓦利，这一批年轻的埃西尔神祇也加入了行列。还有海尼尔——奥丁的兄弟，从遥远的瓦尼尔回来，跟他的亲人们在一起。

这几个仅存的埃西尔神祇静静地走在艾达绿地上，看着往昔辉煌建筑的废墟，谈论他们父辈的丰功伟绩。他们在绿油油的草皮上找到了金棋子，那是在享受着权力与荣耀的往昔供他们消遣用的。现在没有人引领和守护他们，除了下棋和回忆，他们无事可做。于是在昏暗朦胧的黄昏，他们坐在那里，用金棋子和和气气地下棋玩。

美丽新世界

崭新的一天终于开始了。

在被化身为狼的巨人吞噬前，太阳火速生下了一个女儿。小丫头越长越大，越长越亮，像她的母亲一样，升到天上照耀万物。新的月亮和新的星星也出现了，一道新的彩虹连接起荒寂之海和远高于艾达绿地的天堂。

新的地球缓缓地从海里冒出来。

在绿色、可爱的新地球上，种子在未经耕耘的田地上萌芽，老鹰在水晶般清澈的天空中翱翔。野兽再度在森林和旷野出没，鱼在大海里扑腾。

从霍德密密尔的隐秘森林里走出一位少女和一个少年。他们就是利弗和利弗诗拉希尔——"生命"和"求生的坚定意志"。全人类唯有他们俩躲过了这场善恶大决战的浩劫。他们一直藏在树皮下，以清晨的露水为食。他们的后代将居住在新地球上。

利弗和利弗诗拉希尔并不举手抬头向埃西尔诸神祈祷。他们只向万能的上帝祈祷——他来自天上，是世间万物的永恒领主。好魂灵聚在他身边，永远沐浴在吉姆列的荣光中——那里是如珍宝般闪闪发亮的天堂，高于一切之上。

埃西尔世界征战杀伐的苦日子已成往事。可是成千上万年来，关于埃西尔诸神和他们仇敌的记忆一直在北方流传。人们相信，在紧闭的山门背后，还躲着巨人和巨魔。至于人类，要是在暴风雨之夜抬头看看天上的乌云，没准儿会看到一群狂热的骑士幽灵，领头的那个骑着八脚战马。

名词索引

（词条之后的括号里是英语，再之后的斜体字则表示词语的字面义或古义）

D'AULAIRES

多莱尔夫妇

英格丽·莫滕松和埃德加·佩林·多莱尔于 1921 年在慕尼黑的艺术学校相识。埃德加的父亲是意大利有名的人像画家，母亲是巴黎人。英格丽，维京海盗王的后裔，是家里五个孩子中最小的一个。

两人在挪威成婚，之后搬到巴黎，再移民美国。英格丽到了美国后，开始画人像、组织大大小小的聚会。有一次，纽约公共图书馆少儿部的馆长参加了晚宴，她问道，你们为什么不为小孩子创作图画书呢？

1931 年，多莱尔夫妇出版了他们的第一本图画书。此后三部作品的灵感都源自英格丽童年时期就非常熟悉的北欧民间传说。随即他们将卓越的创造力转向美国的历史。一系列关于美国英雄的精美图画书出炉，其中《亚伯拉罕·林肯》为多莱尔夫妇赢得了凯迪克图画书金奖。最终，他们将创作领域转向了神话。

多莱尔夫妇相互协作，联合创作图画书的图和文字。起初，他们采用石版印刷术创作插画。每幅四色插画需要四块巴伐利亚大理石石版，这种原始笨拙的技法能够最好地保全他们手绘作品的活力。不过到了 20 世纪 60 年代，此技法靡费颇大，多莱尔夫妇转而采用醋酸胶片，所获效果与石版印刷术大致相当。

在将近五十年的创作生涯中，多莱尔夫妇以其对儿童文学的卓越贡献而大获赞誉。1980 年，在 75 岁高龄的英格丽即将辞世之前，他们还在从事新图画书的创作。此后埃德加一人挑起担子，继续创作，直至 1985 年去世，时年 86 岁。

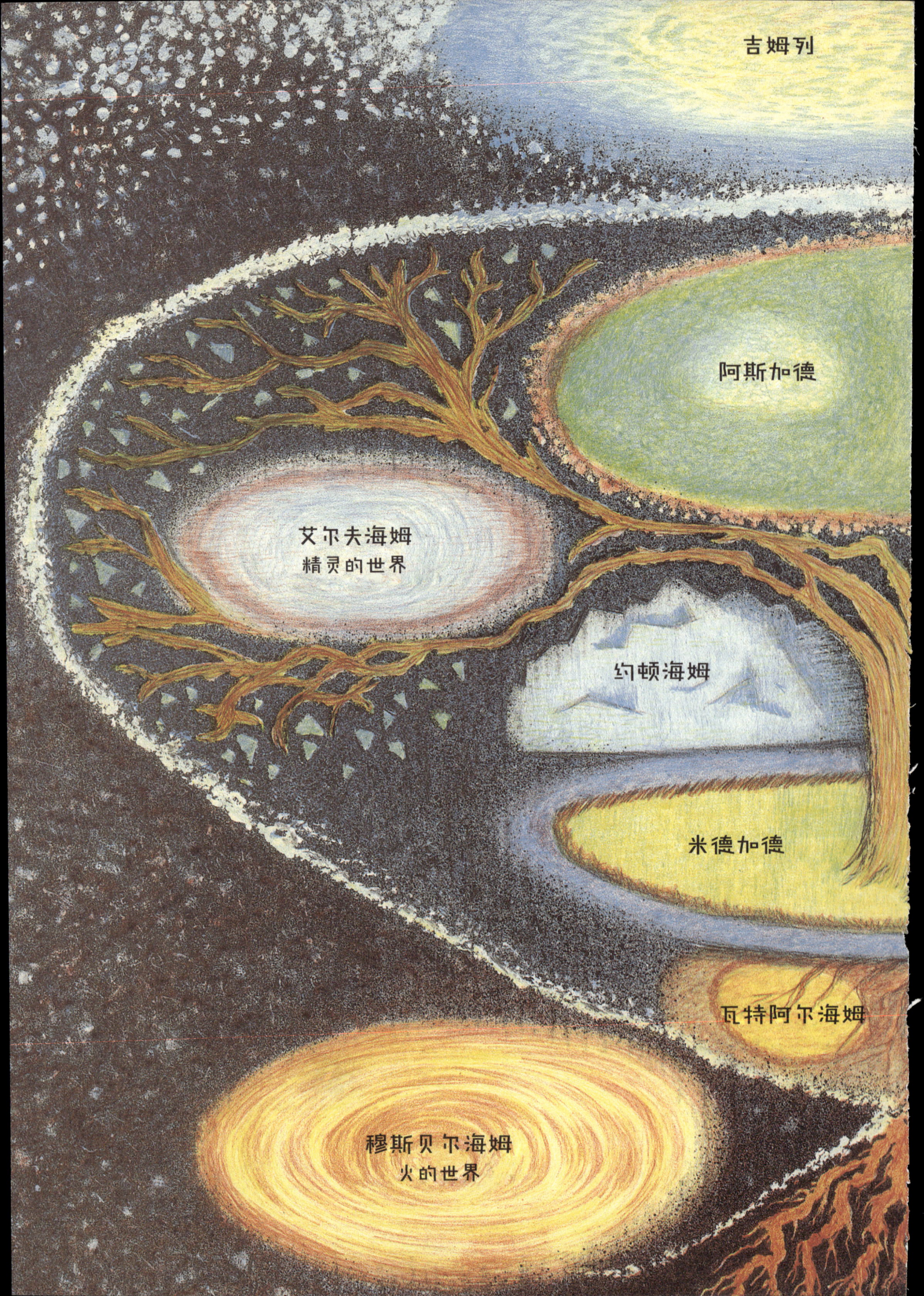

吉姆列

阿斯加德

艾尔夫海姆
精灵的世界

约顿海姆

米德加德

瓦特阿尔海姆

穆斯贝尔海姆
火的世界